都會公園

周潔茹 著

目錄

都會公園

都會公園

○○○○

1，682

如果不是管鑰匙的同事要鎖門，我可以加班到十二點鐘的。但他堅持說他今天一定要在今天到家，不能到明天，現在就要鎖門。我只好馬上下班。

從公司大門出來，十點五十五分，天還沒全黑。我很少注意天色。但是我今天注意了一下天色，看不出來顏色，反正不太黑。

我一般會叫一輛的士，到家也就四十分鐘。突然又想去搭巴士，最後一班682，十點五十五分從柴灣開出，十一點十分左右就會到達怪獸大廈站。

公司就在怪獸大廈的對面，走過去十分鐘。

穿過一個天橋，一條小斜路，比很多路都要黑很多的路。兩邊原本有一些餐館，日料店越南粉店東北餃子館，至少我一年前來這家公司上班的時候它們還有。也就這一年之間，所有的餐館都不

見了，茶餐廳都沒有了，我的早飯只好變成了便利店的三明治，一年三明治。中午我就去一間泰國店，豆腐湯配米飯，有一天約了一個同事一起去，我也不知道我為什麼要約同事，我就是突然約了一個同事。我看著他從豆腐湯裏面撈出來了一條鋼絲球絲。我再沒有去過那間泰國店，我也再沒有約過同事。有個同事跟另外一個同事日久生情，開始交往，其中一個就走了，另外一個後來也走了。不知道他們最後有沒有在一起。反正我是不會離開這間公司的，我猜測別的同事們也都這麼想，所以後面我就一個人去吃一家雲南過橋米線店了。有一天搭台的時候又搭到了那個同事，面對面的，只好一起講了講老闆的壞話，講了快十分鐘，米線還不來，我的沒來，他的沒來，旁邊的人也沒來。

我去後面看一看，同事說。他就去後面看一看了。

後面沒有人。他回來以後跟我說。

那麼我們還要不要等？我說。

等吧，他說。我們就再講了一講老闆的壞話，有的話好像講過了，但也不大記得了，只好再講一遍。

又過了十分鐘。

我說我去後面看一看吧。

他說別，你坐著，我去看。

他看了以後回來跟我講，後面還是沒有人。

那後面有什麼？我說。

一個大鍋。他說，水都燒開了，可以下米線了，可是沒人。

旁邊的人也不動，一屋的人都不動，也沒有人催。一點聲音都沒有。

不等了吧？我說。

他猶豫。要是米線又來了呢？

這都半個鐘頭了。我說，就算是來了我們也有點來不及吃了，即使我們快一點地吃了米線，你的凍檸茶我的凍奶茶也來不及喝了，凍的還加了三塊錢不是？即使我們快一點地吃了米線，快一點地喝了茶，我們也來不及回公司了。除非用跑的。

可能用跑的都要遲到了，他說。

遲到一分鐘扣多少錢？我說。

你扣多少錢？他反問。

你扣多少錢？我又問回去。

如果他告訴我，我就能推算出他的工資，但是他不會告訴我的。所以我也不會告訴他我的。

我們就一起站了起來。

要跟前枱說一聲嗎？他又說。

說什麼呢？我說。

就說我們不吃了，如果米線還沒有下的話。

你覺得我們的米線下了嗎？我說。

下沒下都得說一聲吧，他說。

可是前枱也沒有站在前枱，不知道去哪裏了。他就又去後面了。我站在門邊，等他。

他回來以後跟我講，前枱也不見了，剛才還在的是吧？現在不見了，後面也沒有。
鍋還在嗎？我說。
鍋還在，他說。
水呢？
水開了，可以下米線了，他說。
那我們走吧。
我們就一起移開了米線店的趟門，出來了。同事把趟門移回去的那個瞬間，我最後又看了一眼，其他人還在裏面，坐著，也不動，也沒有人催單。
我跟同事對看了一眼。我說如果現在就開始跑，我們有可能不會遲到。
他說那趕快跑吧，但他要走另外一條路，我說還有另外一條路？
他說是的還有另外一條，他要走那一條。然後他就走了。
我也沒跑，我按照正常的速度走到米線店對面的那條街，可能還比平時更慢一點。那條街要上幾級台階，穿過一個濕搭搭的廢紙收購站，再下台階，穿過一個停車場，再穿過一條大街，才到公司樓下。加上等電梯的時間，我肯定是遲到了。
既然是遲到了，扣一分鐘的錢或者扣一個鐘頭的錢都一樣了。
我就在後巷站了一會兒。
後巷就是所有人抽煙的地方，一般是一個人抽，也有兩個人一起抽，男的和女的，就跟春嬌志明一模一樣；也有抽電子煙的，抽電子煙的都是一個人，對著一個垃圾桶。其實是不需要垃圾桶的，抽真煙的才需要，可是抽真煙的都靠著牆，抽電子煙的都對著垃圾桶。

我不抽煙，我有時候走後巷是想看看我憋氣有沒有問題。

網上說如果你憋氣憋十秒還不喘，你的肺就不用去看醫生。我不喘，後巷五十米，我十秒走完，完全不喘。

但上個月我喘了，我就去看醫生了。

十秒憋完不僅喘了，還呼吸困難了，還心痛了。所以我看的是心臟醫生。

看心臟專科醫生需要推薦信，我就先看了全科醫生。好像也就是這一個月，我家樓下突然開出了三間診所，一間中醫兩間西醫。太突然了，就像雨後春筍似的。

兩間西醫我都看了，第一間是一個年輕人，不是說這一間就一直是年輕人，只是我去的那個時候正好是一個年輕人，他說血壓太高了，給你開點藥？我說那我要看看心臟科吧？他說那肯定要啊，然後給我寫了一張轉介信。

隔了三個星期，我還沒有去看心臟醫生，我有推薦信，但我不去看，我也不知道是為什麼。

我就去問了一個朋友。你呼吸困難嗎？

困難啊。她說，有一陣子我都快上不來氣了。

會不會是更年期啊？我說。

她說不是。

現在都早更了啊。我說，現在的女的普遍過了四十就更。

她說她不更。

那你看醫生了嗎？
醫生也沒說我更，她說。
那醫生說你什麼了？我說，你為什麼呼吸困難？
我查了甲狀腺，做了心電圖，照了胸片，她說。
我把這三點記了下來。
醫生說我沒事，她說。
那醫生有沒有轉介你去看神經科啊？我說。
精神科。她說，精神科。
那醫生有沒有轉介你去看精神科啊？我說。
我不要看精神科，她說。
那你為什麼呼吸困難？我說。
我不知道啊，她說。
我說哦。
我現在好一點了，她又說。
我說那你注意休息，保重身體。
她說你也注意休息，你也保重身體。
我又給另外一個朋友打去了電話。你呼吸困難嗎？
她不屑地說，我那是神經性的。

還有不神經性的？
那就是物理的，她說。
哪種更嚴重？
物理的。她說，如果檢查出來真是心臟有病，那就是物理的。
可是感覺是一樣的吧，呼吸困難的感覺，心痛的感覺。
那肯定神經性的更嚴重啊。她說，
要物理的沒這麼痛。她說，心是不會痛的。
物理的心是不會痛的，神經的心才痛。她又補充了一句。
心在哪邊？我突然問。
左邊吧？她說。
我右邊痛啊，我說。
那就不是心嘛，她說。
右邊有什麼？我問。
右邊什麼都沒有嘛。她說，你去網上查查？
會不會我心臟長在右邊的？我說。
不會吧。她說，你去查查。
查查，我說。
我去網上查了一下，胸的右邊確實不是心臟，如果痛的話，可能是肌肉拉傷什麼的。

這個時候第二個朋友給我發來了一條短信。
如果你覺得你不好了。她說，馬上叫白車，不要覺得不好意思，第一時間叫白車。
我已經準備去看心臟醫生了。我說，我已經看了全科醫生，寫了轉介信。
看哪個？
還不知道啊。我說，本來想在網上查一查。
那你信發我看看呢，她說。
看了以後她說不行，這個信檔次太低了。
我說醫生轉介信還有檔次高檔次低的？
根本就是啥都沒寫嘛，她說。
全科醫生不都是這樣？我說，他們就是這樣。
你這個信拿出去專科醫生會看不起你。她說，你哪兒看的全科嘛。
我說樓下，打電話馬上約到就去了。
以前看的那個呢？
我才突然想起來，我以前的那個全科醫生，我在上上個月看過他了，他也給我寫了轉介信。為什麼我就能把他忘了？忘得乾乾淨淨的？我想了好一會兒，想起來了，他說如果你講不清楚你有什麼問題，你就讓能講得清楚的人陪你一起來。
這個醫生跟我有五年了，差不多一年見一次。
說起來要跟這個醫生，還是由於五年前我看的那個醫生，因為每次都要等，預約了還要等。有一次他的護士就問我，你還想等嗎？
我說我不太想等。
她說那你就去另外一個醫生那裏吧，然後她把另外一個醫生的名片給了我。
我就去了另外那個醫生那裏。
我有想過這兩個醫生之間的關係，如果不是親戚的話，怎麼會作這個推薦？護士也把另外的醫生的名片給了其他不想等的人，這些人還挺多的，包括我。
五年以後，另外的醫生終於說，你講不清楚啊，這五年你都講不清楚啊。
然後我家樓下的診所們就雨後春筍般地冒出來了。
然後我就去看了其中的一間，但是我的一個朋友講轉介信寫得不好，檔次太低了。
然後我就想如果我再看回那個另外的醫生呢？離我有一站路而且在一個昏暗小商場裏面，說我說不清楚的那個醫生？我為什麼要在五年前說那麼一句我不想等呢？我真有點後悔了。
現在我完全想起來了。我是因為喉嚨痛去看他，我懷疑我咽炎淋巴炎呼吸道炎。
他說淋巴 OK 呼吸道 OK 有可能是消化道，胃酸倒流到喉嚨，喉嚨就痛了。
我說咽喉不發炎嗎？
他說他不知道不理解也沒聽說過什麼叫做咽炎。
我說醫生你睇多次好唔好？我覺得我全身都發炎。
他很生氣地說，是不是想知道有沒有肺炎！那要去醫院！
我趕緊說我不想。

他就給我開了一張轉介信。

我記不起來是因為那張轉介信不見了。轉介信不見了，我也就把一切都忘了。

想到這裏，我就直接去了樓下的另外一間西醫診所。兩間診所緊挨在一起，門及門的距離不超過十釐米。

看到醫生的那一個瞬間我就知道他是一個好醫生。即使他戴著口罩和面罩我也能看出來，他很老了，那個眼神肯定是老人才有的，特別慈祥。

他問我最近去哪兒了沒有？

我說我三個月前還在什麼地方來著。

他說那麼久以前的事情還去想它做什麼。

來，量一量血壓。

我說我不可能高血壓啊，我從來都沒高過，我五年前都不高的。

他說那你現在是五年前嗎？

我把手伸了出去。

血壓量下來是高。

要吃藥嗎？我問。

不用，他說。

為什麼不用？

藥是可以隨便開隨便吃的嗎？他說。

那我要看心臟專科嗎？我說。
看一下吧，他說。
什麼時候？
不要拖得太久。他說，但也沒有必要馬上去。
我連連點頭，覺得他真是一個金句王，好像什麼都沒說，又好像什麼都說了。
轉介信不是手寫的，他在電腦上打出來的，滿滿的一頁，最下面簽了他的名字。
我跟他再見的時候又多問了一句，我真的要去看心臟科醫生嗎？他衝我笑了一笑。
我的朋友說這次這個轉介信高檔了，雖然是列印的但是用的可是花體，再看這一筆優雅簽名，簡直是行雲流水。
我就帶著檔次高和檔次低的兩封轉介信去看心臟科醫生了。
我也不知道我為什麼要都帶上，前台一提轉介信，我當然毫不猶豫地把高檔的轉介信拿了出來。
甲狀腺，心電圖，胸片。我是這麼跟心臟專科醫生說的。
為什麼要查甲狀腺？他反問我。
我無言以對。
血壓倒是要檢查一下的，他說。
我說好。
先做心電圖吧，他說。
我說好。

還有超聲波，他又說。

我說好。

心電圖和超聲波馬上就做好了。

這是一顆很好的心臟，他是這麼說的。

謝謝。我說，謝謝。

跟護士約一下查個血吧。他說，也約一個血壓測試。

為什麼還要查血？我是這麼想的，但是我沒有說出來，我和心臟醫生再了見，就跟著護士去約時間了。

我要告訴你的是，驗血你的醫療卡是不會包的，你得自己出，護士說。

那心電圖和超聲波會包？我問。

心電圖和超聲波也不包，護士說。

血壓包？

血壓也不包。護士說。

那我的醫療卡包什麼嘛？我說。

這個就要你自己打電話去你的保險公司問了，護士說。

我看著她。

還做不做？護士又說。

做，我說。

護士開始打電話約時間。

想到這裏，我已經穿過了那條比很多路都要黑很多的路，到達了站牌。

十一點零七分，離巴士到站還有三分鐘。

一個人都沒有，對街的巴士站牌下面也沒有人。

身後一排樹影，要有點風就好了，就會有點樹影婆娑的意思。

一絲風都沒有，再過十秒就會有一群小咬爬上我的小腿肚。

我突然想起了那個同事。我站在後巷看了一會抽電子煙的抽真煙的再上樓，我的同事已經坐在他的桌子前面了。

我用餘光掃了他一眼，他看都沒看我一眼。

於是我堅信他沒有遲到。

對我來講事情只有兩面，好的和壞的，沒有不好不壞的，男的和女的，沒有不男不女的，遲到和不遲到，根本就沒有遲到一分鐘兩分鐘三分鐘這回事。一分鐘扣一個鐘頭的錢，一個鐘頭零一分鐘扣兩個鐘頭的錢，遲到四個鐘，不如請事假，但是請事假又不能超過四個鐘，超過就算曠工。這個遲到的範圍，濃縮到了第六十一秒到三個小時五十九分九十九秒之間，差一秒就出事。

看了看時間，十一點十分。巴士沒有來。樹影婆娑，隱約幾縷花香，小咬們已經爬上了我的小腿肚。

蝶戀花。

我突然就想起了我轉工的第一天早上。茶水間看到一碟花，藍色的。我看著那碟花，看了好一會兒，一個同事進來，就是後來從豆腐湯撈出來鋼絲球絲的那個同事。

這是什麼？我問他。

蝶戀花，他答。

可以吃？我問。

沖水。他說，明目。

拿起一朵，問我，要不要？

我說我不要。他就放到他自己的杯子裏，滾水沖開，一縷深藍色瞬間沖出來。我覺得他殺了那朵花。

到了中午我又去茶水間，看見他吃在蘋果，一把細緻小刀，削出捲曲的蘋果皮。

可以在公司吃蘋果的嗎？我說。

為什麼不可以？他說，又不是只有我一個人吃蘋果。

他沒有問我要不要。也許是因為他只有一個蘋果，也許是因為我還是一個新同事，不熟。

我們就加了個微信。他掃的我。

到了下午四點，我睏得不行了，給他發了一個微信。

喝咖啡，他說。

會心跳加速。

我也會。

心跳加速？

嗯。
那你還喝？
一星期一次。
太節制了。
不是太喜歡，偶爾。
抽煙？
沒有。你？
我也沒有。你會但是沒有？
一直都不會。
那你會什麼？
只有抽煙不會。
跟你講話好提神。
我知道你為什麼和我說話。
為什麼？
因為睏。
那你為什麼答？
禮貌。
不阻你做事了，我也做事去了。

我不會講話，生氣了？

你不是只有抽煙不會嗎？

現在多一樣了，他說。

這就是第一天，我加了一個同事的微信。後面我沒有加任何一個人，同事們都用QQ互傳文件，傳完就完了。

十一點十一分，巴士還沒有來，這是很少見的。我開始懷疑這班682是不是早就被取消了，畢竟我也很久沒有搭了。

街對面的24小時便利店還很亮，我在想我要不要過街去買一個三明治，又覺得我離開的那個瞬間巴士就會來。於是我沒有動。

公司的人都不按照飯點吃飯，第一天我就發現了，他們也不按照下班的點下班。為什麼到了點大家都不走？我當然只能去問那位同事。

幹活，他說。

什麼時候可以走？

幹完活。

我幹完活了我可以走了嗎？

再幹一點，他說。

所以我也是第一天就明瞭，這間公司的公司文化，不寫在合約上全靠肉身體會的那種文化。我很快就跟上了所有人。如果不加班，我就會不自在，覺得自己不道德。

所以管鑰匙的同事要鎖門，要趕在當天回家，甚至都不能等到明天。我讓他鎖了門，我也不加班了我下班，我出了公司大門等巴士，但我心裏面不痛快。

十一點十二分，巴士不來，我可以肯定巴士不會來了。我應該叫的士的，我搭什麼巴士嘛，巴士23元，的士223元。我不願意承認我的選擇受到了兩百塊錢的影響。我是會被影響，但是如果是被兩百塊，這太讓我悲傷了。

中午要不要一起吃飯？那是我第一次約同事，也就是他從豆腐湯撈出來鋼絲球絲的那次。第一次，唯一一次，現在也知道了，最後一次。

你約我？他回。

我遲疑了一下，只好說是。

他說他有事忙，可能會忙過飯點，再出去吃就可能遲到，遲到就會被扣工錢。

我說那以後吧，以後再約。我明確地感覺到對他來說可能工錢更為重要，假如給他一道選擇題，讓他在扣工錢和跟新同事一起吃飯中間選一個，他一定會選擇工錢。當然了這兩項也沒有什麼可比性。

可是飯點前的十分鐘他還是說他OK了，幹完活了，可以一起去吃飯了。然後就發生了他從豆腐湯裏撈出來鋼絲球絲的事情。

準確地說，那根鋼絲球絲還不是從豆腐湯裏撈出來的，而是從他的嘴角邊緣扯出來的。

我簡直是無顏以對，雖然我也不知道是為了什麼。

一輛682停在了我的面前，我都沒有注意到它是怎麼來的，我沒有聽見任何聲音。

我踏上車板，拍八達通。沒有聲音。我翻開錢包，把八達通卡抽出來拍，還是沒有聲音。我又拍了一下，還是沒有。

司機說下車的時候再拍啦。

我連忙道歉又再道謝，又再道歉，找到一個企位靠了上去。

車廂裏滿滿的人。這麼夜，竟還有這麼多的人。不夜城啊，我靠上去的那個瞬間就是這麼想的，不夜城。

第二次去看心臟科醫生的時候他告訴我血液檢查很好。血糖正常。他是這麼說的，沒有糖尿病。

我說所以這個抽血查的是糖尿病？

他說是啊，你沒有糖尿病。

我血糖正常，我重複了一遍。

你血糖正常，他重複了一遍。

我想起來上班快要三個月的時候，某個中午，突然手開始抖，抖得很厲害。

你那兒有糖嗎？我給那個同事發了一條微信。

什麼樣的糖？

什麼樣的都行。

甜的就行？

對，多謝。

他給了我一顆糖，不知道他的糖從哪兒來的，我也沒有問過他。一顆糖，我的手就不抖了，後來也沒有再抖過。但我也再沒有給他發過微信，轉眼就是一年，這一年之間，所有的餐館都不見了。

2，黃蜂爬在手臂上

從公司大門出來，十點五十五分，天還沒全黑。我很少注意天色。但是我今天注意了一下天色，看不出來顏色，反正不太黑。

我一般會直接叫一輛的士。突然又想去搭巴士，最後一班682，十點五十五分從柴灣開出，十一點十分左右就會到達怪獸大廈站。

公司就在怪獸大廈的對面，走過去十分鐘。

上個星期我去看了心臟專科醫生，心電圖和超聲波做完，醫生要我做一個24小時血壓監測。

護士打電話預約，馬上就約到了。

就在旁邊的樓，她是這麼說的。

旁邊哪個樓？我問。

護士看了我一眼，把那個地址用原子筆圈了出來。

就在旁邊的樓，她又說了一遍。

我下到診所的樓底，穿過一個商場，又穿過一個商場，左轉右轉又右轉，才到達那個樓。

那個樓很多人排隊上電梯，左邊三個電梯，右邊三個電梯，仍然人比電梯多。於是單層站左邊，雙層站右邊，兩個保安，一人負責一邊電梯。

一個戴帽子的老太太被她的工人緊緊挽著，又緊緊地挨著我，我馬上把我的位置讓給了她。馬上又來了一個戴帽子的老太太，連工人都長得一模一樣。我沒有再讓。我排在兩個老太太和兩個工人的中間，這兩個老太太肯定互相不認識，工人也互相不認識。她們都不説話，沒有人説話。

電梯遲遲不來，我就去看貼在牆面的公司名牌，密密麻麻，全是診所，要不是有架電梯突然來了我真的會去數一數有沒有一千個。

沒有人在我要下的那個樓層下，我只好從滿滿的電梯間擠出來。一陣眩暈，只要有人看我我就會有三秒眩暈，我知道我説出來也沒有人會相信，我自己也快要不相信了。我穩了穩神，往走廊的深處走。

一間醫療器材公司，擺滿了吸奶器，有手動的也有自動的。

我看了一遍手裏的卡片，確實是這家。

我就推門而入了。

一個阿姐正在聽電話，用眼神示意我坐下。我坐了下來。

電話裏在講呼吸機不工作的問題，我也旁聽了一會。十分鐘電話打完，呼吸機還是不工作。

再量一下血壓。阿姐放下了電話，對我説。

我把手伸了出去。

不高啊，阿姐説。

那還要做嗎？我説。

醫生說要做就要做，阿姐說。拿出一張紙讓我簽名。

「動態血壓監測是一種可連續在24小時內按照預設時間記錄血壓和心率的監測，在此期間病人可如常進行活動。」紙上第一行是這麼說的。

我想說我還不是病人，即使查下來高我也不是一個病人。

但我什麼都沒說，我簽了名。

你平常用哪個手？阿姐問。

我伸出右手，說，這個手。

要戴在不常用的手上，阿姐說。

我把右手放了回去，伸左手。

阿姐在我的左手腕上找到了一個點，用藍色原子筆在上面打了個叉。

我看著那個叉。

戴上來了一個很像手錶的儀器，黑色的。

不會影響你睡覺的，阿姐說。

為什麼會影響我睡覺？我反問。

以前那種舊款是充氣式，充氣的時候很騷擾，阿姐說。

我想像了一下那種騷擾。

感覺還好？阿姐說。

還好，我說。

不會太緊？阿姐說。
有點緊，我說。
要緊一點。阿姐說，要不資料不準確，你就得再做一遍。
我說我不想再做一遍。
阿姐點頭，又拿出一張紙，讓我簽名。
我正要簽，她說你先看一遍再簽，我說我看過了，我肯定不會自己把這個儀器拿下來的。
她說這一點很重要。
我說這一點很重要。
如果遺失了按金就不退。她說，兩千元。
我埋頭掏錢包。她說等會兒等會兒不急。
也不能進水，阿姐說。
我今天不洗澡了，我說。
洗還是可以洗的。她說，不要讓水碰到你戴儀器的這個手。
我想了一下，說，我不洗澡。
也不要劇烈運動，阿姐說。
我不運動，我說。
運動還是可以運動的。她說，不要劇烈運動。
我說我平時就不怎麼動。

她說好吧，簽吧。

下樓的時候我不再暈眩，因為一個人都沒有了。兩個保安站在空空蕩蕩的大廳。我注意著自己的手臂，輕微地，自然地，垂直在身體的兩側。有的人走路的時候手臂可以擺到九十度，我經常碰到這種人，他們給他們自己製造了一個直徑三米的圓圈，沒有人想靠近那個圓圈。如果實在路面太窄人太多你進入了圓圈範圍，你就得小心地繞過那些擺動，要不真的手臂就會真的打到你的肚子上面。

過天橋的時候有人看我，不止一個人看我，還有個跟我擦肩而過了還扭過頭看的，我懷疑是因為血壓監測器。一個不自然的手臂，和一個相對於任何手臂來說都算是巨大的黑色機器，要我在街上看到了，我也會多看兩眼。

還在地鐵上的時候我就覺得手不是我的了。看了看手機，這才過了十分鐘。

還有人盯著我的手看，就坐在對面，簡直可以說是死死地盯著。

我把手放在膝蓋上，用圍巾蓋住。蓋住了的手腕仍然又重又脹，好像一隻黃蜂爬在手臂上。

過了三個站，我想把血壓監測器拿下來，但我忍住了，再看手機，半個鐘頭都沒到。

回到家，我用一隻手給自己洗了澡，另一隻手儘管伸高伸長，盡量不動。一動，就好像被黃蜂咬了一口。

我思考了一下不充氣但是測得到血壓的原理，就是一個磁點按住脈搏，要開始量的時候，那個磁點就更力地按我的脈搏。還不如充氣的。

就算是看恐怖電影都不能讓我轉移對這個血壓監測器的注意，任何一件事情都不能。

而且我也真的失眠了，因為這個機器真的會騷擾到人。它不充氣，但是它產生了和充氣一樣的騷擾。

我坐在床上，右手按住左手腕，內心掙扎。距離24個小時還有16個小時。醒來的時候天有點微亮，一看時間，凌晨十二點半，鄰居們的客廳燈光都沒有熄滅。這世上竟有如此漫長的折磨。

到了早上我在手腕與機器之間擠進了一根手指，痛苦似乎緩解了。但是到了中午任何手指都擠不進去了，我目測手掌已經比之前大了兩倍。也可能是我產生了幻覺。

所以距離24小時還有兩個小時的時候我已經到達了醫療器材公司的樓下。

樓下地庫是一間酸辣粉店，一間米線店和一間越南粉店，我上次來竟然沒注意到這三間。也有可能是因為手的知覺特別靈敏以後，牽連了別的器官的感受。

我去了酸辣粉店，店裏很空，阿姐用下巴示意我跟她走。

我跟著她繞過整個店堂，角落一個單人位前，一個女的正在專注地吃酸辣粉。阿姐用下巴示意我坐到那個女的正對面。我望著那個女的，那個女的也抬起了頭，望著我。我就拔腿離開了。

阿姐絲毫沒有挽留我的意思，在我決定離開的同時，她甚至一腳插到了我前面，離開得比我還快。我仍然暈眩了三秒，肯定是那個吃酸辣粉的女的在看我。

我不考慮米線店，有可能是酸辣粉影響了我的判斷，也可能是因為手的腫脹，我都有點恍惚了。

我直接去了越南粉店，店裏也沒有什麼人，由於沒有人，襯得牆紙特別綠。服務員示意我隨便坐，我就隨便地坐了下來。

特別午餐，各款粉麵送熱飲，凍飲加五塊，面前的餐牌是這麼寫的。
我就對服務員說，一號餐走扎肉走雞絲。
素粉更便宜。他說，素粉不在這張午餐餐牌上，可是比午餐便宜。
可是餐牌上的粉送喝的，我說。
他看著我。
我說我不要吃肉，但我要喝的。
素粉更便宜，他又說了一遍。
好吧素粉，我說。
想喝什麼？他說，我送給你。
我說熱茶。我不想喝熱的，但是他要送給我，只好說熱茶。
他說好。
我說再要一個牛油果米紙卷。
他說好。
看了看時間，距離 24 小時還有一個半小時。左手腕已經完全沒有知覺了，我把它擱到桌上，用一張餐巾紙蓋上，這個時候機器又測了一遍血壓。
素粉吃完了，米紙卷還沒來。
距離 24 小時還有半個小時，米紙卷還沒來。
門外很多人走來走去，有的人去了酸辣粉店，有的人去了米線店，沒有人進來這間越南粉店。

牛油果米紙卷上桌的時候距離24小時只有十分鐘了，非常綠，非常綠的一個米紙卷。可能是綠，也可能因為滿懷快要解脱的期望，我咬了一大口米紙卷，馬上就有了一嘴肥皂的感覺。如果牛油果是生的，就會產生這種很真切的錯覺。

所以他們剛才是去街市買牛油果了，可是買到了一個生牛油果，放了一個鐘頭二十分鐘還是生的，再放可能還是生的，只好先捲起來端給客人。

一口生牛油果米紙卷，一口茶，第24個小時，就這麼來臨了。

推門而入的時候阿姐還在聽電話。我坐了下來，雙手擱到桌上。我想讓她注意一下，兩隻手的大小已經明顯不同了。

她馬上放下電話，檢查了一下血壓監測儀。

還不能拿掉。她說，還有一次。

我看著她。還有一次？

監測儀顯示還有一次沒量，她補充。

什麼時候量？我問。

到時候自然會量，她答。然後她也坐了下來，盯著那個監測儀。

我也盯著那個監測儀。所有的眼睛都盯著監測儀，手大手小都不重要了。

那三分鐘，誰都沒有呼吸。所以最後一次量完，監測儀拿掉，我馬上就喘得上不來氣了。

原子筆的藍叉還在原位，好像更大了。

報告會直接遞送到醫生那兒。阿姐說，如果這次監測成功的話。

如果不成功呢？我說。

不成功也會直接遞送到醫生那兒。阿姐說，那你還得再來。

我不要再來了，我說。

那也得醫生說了算，阿姐說。

我就推門而出了。

再看到心臟科醫生已經是今天上午，報告顯示血壓監測是成功的。

醫生把每一個項目都用紅色原子筆劃給我看，每一個都是成功的。

你沒有高血壓，他是這麼說的。

我沒有高血壓，我重複了一遍。

你可以走了，他說。

我跟他說了再見關上門的那個瞬間，他突然抬起頭說，你要開心一點。

我停在門口。

你要多出去走走，多動動。他說，你就開心了。

我關上了門。

所以從公司出來，我也覺得我應該多走走，多動動。我就不搭的士了，我去搭巴士，最後一班682，十點五十五分從柴灣開出，十一點十分左右就會到達怪獸大廈站。

從公司大門到達怪獸大廈需要穿過一條小路，這條路已經修了十年，一直在修。不是左邊在修就是右邊在修，有時候左邊右邊一起修，人就得從路的中間走，有時候後面還會跟著幾輛車，人和車都不自在，因為人想快也快不起來，車也不能從人的上面輾過去。

過了六點，這條路就沒什麼人了，車也沒有。兩邊的店鋪也都關了好多年，什麼都沒有的一條路。半夜十一點走在這條小路上，就好像獨自一人走在沙漠中。

這條路上曾經有過一間紙皮收購站，這個收購站曾經有過兩隻奶狗。奶狗長成小狗，小狗長成大狗，後來不見了。紙皮站也不見了。一切都發生在一年之間。對於狗來說，人的一天會不會是一年？所以修一條路，簡直是修了一生。

到達野獸大廈站牌下面的同時，巴士來了，正好十一點十分，一分不差。

我踏上車板，拍卡。沒有聲音。我翻開錢包，把卡抽出來拍，還是沒有聲音。我又拍了一下，還是沒有。

司機說下車的時候再拍啦。

我連連致歉，上樓梯，坐到了上層第一排。

整個上層幾乎是空的，第二排坐了一個人，第三排坐了一個人。沒有人要坐第一排，如果巴士出事，上層第一排必死無疑。

我坐到了第一排。

穿過兩個隧道，上層的人都下車了，我一個人坐在上層第一排。左手腕開始隱隱作痛。一到夜深我的手腕就會產生幻覺，好像血壓監測控還在，每隔一個小時，它就會自動量一下血壓。

過了隧道，巴士幾乎沒有停，我注意到司機飛了好幾個站，沒有人下也沒有人上。

我感覺得到我能在十二點前到家，如果司機保持這個速度。又隱隱不安，覺得他也會在我要下的站飛站。所以快到站時，我搖搖晃晃地站了起來，按下了車鐘。
司機飛了站，直往前開去。
我趕忙下樓梯，下到下層，看到兩個男的站在車門口，車速飛快，這兩個人都吊著把手。
我要下車，我對這兩個男的說。
他們一言不發。
我要下車，我轉臉對司機說。司機專注地開車，開得飛快。
我要下車，我又說了一遍。
我們也要下車。兩個男的的中間一個說。
飛站了，另外一個說。
要司機停車啊，我說。
他們一言不發。
我不知道下一站是哪裏，我從未去過下一站。窗戶外面黑乎乎的，像是過了一座山。
我看了那兩個男的一眼，他們仍然吊在把手上面。沒有人坐下。下層幾乎都是空的，最後排坐著一個人，那個人一動不動。
我也沒有坐下。我也吊在把手上，用我的右手，左手又開始痛。
似乎又過了一座山，因為我竟然看到了一串瀑布，雪白瀑布，巴士很快地經過了那串瀑布。
然後又是一座山。
這世上竟有如此漫長的一站。

巴士是突然停下的，車門也是突然打開的，車門開了以後那兩個男人鬆開了把手，很自然地下了車。

我走到車頭，拍卡。司機望著正前方，一半側臉都在陰影裏。我拍了卡就從車的前門下車了。

巴士馬上就開走了。

那兩個男的已經走出去好遠，我趕緊跟上。

一個男的走得快一點，在最前面，另一個慢一點，個頭也矮小一點，他在中間，加上我，我還背著電腦，我也不知道我為什麼會背一個電腦。如果不走一走，我都忘了我還背著電腦。

如果從半空中看這三個人，就會是一個省略號的一半。

這三個點保持著同樣的速度和距離，翻過了一座山的山腳。

差不多走了十分鐘以後，我們經過了一個夜排檔，剛才巴士開過的時候我完全沒有留意到那個排檔。

但是一邊走路一邊看這個夜排檔就特別醒目。一排假椰子樹，掛了星星點點的紅燈綠燈，還很大，我們又往前走了五分鐘這個夜排檔仍然在我們的視野範圍。

我突然想起來中二的夏天，有個女的約我晚上去逛夜攤。

我說夜攤有什麼好逛的。

她說她也不是為了買東西，她就是想看人。我就跟著她去看人了。

人山人海的夜攤巷口，那個女的很靈活地穿了進去，不見了。我一咬牙，也穿進去了。

果然只能看到人，除了人，別的什麼都看不到。就這麼被人擠過來，擠過去，頭昏腦漲的，出口都找不到。突然就被擠到了一個賣明星海報的攤頭的前面，馬上手裏就被塞了一張捲起來的海報。

多少錢？抬了頭問。也不知道看往哪裏，所有的視野都被人和人擋住了。

送給你的，那人說。

依稀看到一個頭頂，同班的男生，坐在最後一排，我跟他一個學期下來都沒說過一句話。

我一手捏錢，一手捏海報，兩隻手都固執地伸長著，向他伸過去，伸過去，那卷海報都快要被我捏扁了。

不收不收，他大聲說。

我就帶著一張海報回家了，我也沒有找到那個女的，後來我也再沒有見過她。

那張小虎隊海報也在牆上貼了一陣。那麼那個男生到底是怎麼知道我要的就是小虎隊呢？我一邊走過了那個燈紅酒綠的大排檔一邊想了一下這個三十年前我都沒有想過的問題。

我們又翻過了一座山。

我三百六十度地看也沒看到巴士上看到的那串雪白瀑布。

看了下時間，十二點零五分，我沒能在今天回到家，現在已經是明天。

前面那兩個男的還越走越快，我真的要跟不上了。

第三座山的時候我徹底丟失了他們。電腦越來越重，手臂已經不知道量了多少次血壓，密密麻麻的黃蜂爬在手臂上。

你要多走走，多動動。跟心臟科醫生告別關上門的時候他就是這麼說的，那你就開心了。

3，布魯克林動物園

從公司大門出來，十點五十五分，天還沒全黑。我很少注意天色。但是我今天注意了一下天色，看不出來顏色，反正不太黑。

涼風習習，說不出的恰意。

正想去搭巴士，一輛的士突然停在了身邊。

我上了的士，總覺得有什麼不對。

快要到海底隧道前，我想起來了，我說，師傅不好意思，我能回去拿個東西嗎？的士司機說，可以。

我說我忘了口罩。

他拿了一個口罩給我。

我連聲說謝謝。

這樣我們都不用再回去了。

我不想搭地鐵。我主動說，人太多了，太危險了。

搭巴士也許好一點。我又說，如果你上車的時候就是那些人，你就接受吧。

但是搭巴士也挺危險的。我又說，像我昨天早上搭巴士的時候，我每天都是搭一班特快巴士上班，那班巴士跟另外一班巴士共用一個站牌，兩輛巴士前後相隔三分鐘，我的巴士是後面那班，晚三分鐘的那班。昨天早上我正排著隊，看著那輛別人的巴士，上面寫著「新未來水餃！幫到地球嘅未來！」我就在想，水餃是怎麼幫地球呢？想到這裏我就拿起我的手機拍那個巴士，拍到第三張的時候，巴士裏面的一個女的開始拍我。我為什麼會注意到巴士裏面呢？因為她一邊拍一邊衝我豎中指。天啊我趕緊放下了手機，我向她比劃我不是在拍她，我真的完全沒有拍她的意思。她的中指持續地豎著，那可是我見過的最堅挺的中指。同時她持續地拍我，我能夠肯定她拍了有一百張。要不是巴士起動，她肯定能夠拍到三百張。

其實搭的士才是最危險的，的士司機說。

為什麼危險？我說，今天早上我搭巴士的時候，又碰到那個女的了。她一路高舉手機，並且穿一條很透的花裙子，短到膝蓋上的那種，我想的就是，那可太不得體了。中環OL的上班衣服，一是不能露胸，二是不能露大腿。我開始懷疑她並不是中環的OL，儘管她搭的確實是去中環的巴士。那個女的一上巴士就爬到視窗開始拍我，拍得排我前邊和後邊的OL們都開始看我了。我只好去看巴士車身上寫著什麼，「思考未來嘅味道」，今天的巴士上面就寫的這麼一句。

搭的士才是最危險的，的士司機又說。

為什麼？我說。

因為的士司機是最危險的，的士司機說。

為什麼？我說。

的士司機到處去啊。的士司機說，的士司機哪兒都去。

也可以不去。我說，選擇不去。

你是我今天的第三單生意。的士司機說，我有選擇嗎？

的士過了海。

一點都不塞。我說，這條隧道以前挺塞的。

哪兒都不塞。的士司機說，六點以後，街上一個人都沒有。

六點前會塞？

六點前也不塞。的士司機說，哪個點都不塞。

師傅您竟然會講普通話哎，我說。

那是。的士司機說，我以前可是在大陸開廠的。

廠呢？我問。

賣了，的士司機說。

賣了？

我去美國了，的士司機說。

哦。我說，美國哪裏？

布魯克林，的士司機說。

布魯克林是不是有個動物園？我說。

的士司機不說話。

布魯克林好像有個動物園，我說。

的士司機掏出他的錢包，從裏面抽出了一張駕照，遞給我。

我說的是真的。的士司機說，我真的去了布魯克林。

我看了一眼駕照，紐約的駕照。
您還把駕照隨身帶啊？我把駕照還給了他，說。
我真的去了布魯克林，的士司機說。
是真的，我說。
可是我不喜歡布魯克林，我喜歡香港。的士司機說，我就又回來了。
我也不喜歡布魯克林，我說。
我妹妹家全家還在布魯克林。的士司機說，他們都叫我再去。
我可不想再去了。我說，雖然我最好的朋友在布魯克林。
是嗎？的士司機說。
真的。我說，她就住在布魯克林。
我回憶了一下她。
她請我吃煲仔飯。我說，整個中國城最好吃的煲仔飯。
中國城有好多賣煲仔飯的，的士司機說。
就那一家。我說，就那一家，而且買外賣帶走的話他們會把煲都送給你，不要你還的。
真的。我又補了一句。
看那個樓，的士司機說。
我往外面看，好多樓。
這就是「四小龍」，的士司機說，

小什麼龍？我說。

的士司機不說話。

我又望了一眼那些樓。看起來挺貴的，我說。

以前沒這麼貴，的士司機說。

要那麼多錢幹嘛嘛，我說。

的士司機笑了一笑。也許他並沒有笑，只是我感覺他笑了一笑。

有錢的人整天在想什麼呢？我說。

有錢人當然是想錢啦。的士司機說，有錢人不想錢想什麼。

那你還去布魯克林嗎？

我還在想，的士司機說。

你來了幾年了？他突然問。

好多年了，我說。

那你為什麼不會講廣東話？

我會講廣東話，我說。

說完，我有點不高興，就拿出了手機，準備刷朋友圈。

竟然沒有網路。我只好把手機又放回去。

我會講廣東話。我說，我布魯克林的好朋友也會講廣東話。

的士司機專心地開車。

我布魯克林的好朋友到布魯克林的時候 14 歲，所以她會講英文，會講普通話，也會講廣東話，我說。

如果我去她布魯克林的家找她，她就會開車去中國城買煲仔飯外賣回來一起吃。我問過她要不要把煲還回去，她說不用，我就說那這些煲用來做什麼，她說不做什麼，然後我就看到她家的後院堆了好多煲。

我說的都是真的，我說。

的士正要穿過一個山隧。

過隧道要給錢的嗎？我突然想到說。

要。的士司機說，我會把隧道費打進車費的。

我從來沒有想過過隧道要不要錢，要多少錢，我說。

隧道都要錢。的士司機說，有的貴一點有的便宜一點。

過海的隧道最貴吧？我說。

也不全是。的士司機說，但有一條隧道要 70 塊。

不過你肯定用不到那條隧道的，他說。

我也不想用到那麼貴的隧道，我說。

我有一陣子經常要用到荷蘭隧道。我說，那時候我有個鄰居，印尼人，有一天晚上她問我借 15 塊錢，我問她要 15 塊做什麼，她說她懷疑她丈夫在跟別的女人幽會，她要開車去城裏堵他。過海的隧道費是 15 塊。

的士司機聚精會神地開車。

她沒有信用卡。我說，她自己說的她信用不好，所以信用卡公司不給她信用卡，她丈夫只給她精確的現金，如果她想要額外地過個海，她就得借錢。

她當然還錢了。我說，第二天一早她就還了。我沒好意思問她有沒有堵到她的丈夫，但她馬上又問我借電話打了個國際長途，那筆電話費她沒還，我也沒好意思問她要。

布魯克林大橋不要錢，的士司機說。

布魯克林大橋不要錢，我說。

我布魯克林的好朋友為什麼是我的好朋友？我說，那天我們一起吃飯，她還是給了服務員更多小費。我說你這是為什麼啊我說你看看你，懷了孕，辭了工，沒了收入，你還不肯少給小費。她還笑，她說她高中時候就靠打餐館工，客人給的小費就是全部的收入。就幾塊錢嘛。她說，可是對服務員來講好重要的。

她就是這麼說的，就幾塊錢嘛，她自己都窮得要死了，所以我當她是我最好的朋友。

你朋友現在還在布魯克林？的士司機問。

不知道啊。我說，我跟她失去聯繫了。

最後一次是她在第一天上班的路上給我打了個電話，她說寶寶滿月了，她得上班了。我問她新公司在哪兒，她說新澤西。也就是說，她上下班的路得有四個鐘頭。我說你這是為什麼啊你就不能再休息一陣嗎？她說不行啊。她在電話裏講實在沒辦法啊，不上不行啊。

然後我就搬來香港了。

我兒子是普林斯頓的博士，的士司機說。

普林斯頓好啊，我說。

現在科大，的士司機說。

科大好啊，我說。

Assistant professor，的士司機說。

挺好的啊，我說。

的士司機笑了笑，車拐了個大彎。

我又拿出了手機，不上一下微信讓我太不自在了。

還是沒有網路。這可真是太奇怪了。我把手機又放回去。

也許過了這陣我就回布魯克林。的士司機說，我還在想。

布魯克林肯定有個植物園。我說，我布魯克林的好朋友帶我去過那個植物園。

那個植物園太綠了。別的我都想不起來了，就記得綠，我和我布魯克林的好朋友坐在一個很綠的草地上，我想要告訴她一個秘密，當然了那個秘密我現在一點也想不起來了。她說不要說，一個字都不要說，她說如果那些秘密讓你痛苦，如果那些別人的秘密傷害你，你就要在最開始的時候就說不。我布魯克林的好朋友為什麼是我的好朋友？因為她的秘密已經傷害我了，當然了她的秘密我現在一點都想不起來了。我只想得起來我跟她講，不說就不說，但是你知道嗎咱倆其實站在一面鏡子的兩邊，鏡子破了，我們以為看到的還是自己。

的士司機繼續沉默，我懷疑他根本就沒有聽說過那個植物園。

其實我搬來香港前哭了，在一個購物中心的三樓。我不知道我為什麼要哭。我布魯克林的好朋友給了我一張紙巾，她說好了好了，會好起來的，一切都會好起來的。

一切都會好起來的，我說。

我兒子說他不想再續科大的約了。的士司機說，他本來應該professor了。

哦。我說，那他要去布魯克林？

的士司機不說話。

我布魯克林的好朋友在布魯克林有個房子，那個房子有海的味道，我都不知道布魯克林靠不靠海，但是她的房子有海的味道，她的後院還有花，就是那個也放了好多煲的後院，有時候她在後院烤羊肉串。

我們住的apartment，的士司機簡短地說。

Apartment好啊。我說，不用自己修房子。

我和我布魯克林的好朋友去過一次科尼島。我說，師傅你也去過科尼島吧。的士司機專心地開車。

科尼島有大摩天輪，還有水族館，但是沒有動物園。我說，我布魯克林的好朋友給我拍了好多照片，除了她，沒有人會給我拍照片。

我拿出手機，想從朋友圈找一找照片。

突然想到，十年前還沒有朋友圈。

而且還是沒網路，上不了網，我把手機放了回去，我在想也許不是我的手機出了問題，也許就是這台的士有問題。

我們一起去了一個動物園，挺遠的，所以肯定不是中央公園動物園，我們也一起去過中央公園的動物園，中央公園動物園太奇特了，我都不想說它，我要說的是那個很遠的動物園，非常大，非常大，大到我和我布魯克林的好朋友逛了一整天都沒有把它逛完，可是我想不起來它到底在哪兒了。

那時候還沒有朋友圈，我們都是在MIT認識人的，不是MIT那個MIT，是一個叫BBS論壇叫MIT，我在那上面認識了十個女網友，她們全部住在紐約，所以我一到紐約就召集大家一起吃飯，每個人都在網上說非常歡迎，非常期待，到時見啊。可是最後出現在餐館的只有四個人，包括我自己。那就四個人吃吧，我們一邊吃一邊談，就跟在網上談一模一樣，其中一個最談笑風生，我第二天就給她打電話了，可是她關了她的電話，接下來的三年都沒有再打開過。我就給第二個女網友打了個電話，她說約飯太開心了，我們以後要再約，人再多一點。我說對，你說得對。她接下來說我剛才給那誰打電話了，她關機了。我說不會吧，我就是這麼說的，我說不會吧。第二個女網友說是真的，我剛才還在網上見到她呢，我跟她打招呼了，她假裝不認識我。我說你確定昨晚上我們四個都清清楚楚付了各自的賬單而且加上了小費吧？我確定！第二個女網友說，沒有任何一個人多付一分錢！要不你過幾天再給她打打看？我說。我就是這麼說的。

我跟第二個女網友做過一陣朋友，很平衡的那種，如果我去看她一次，她就過來看我一次，如果她看過我那一次以後我沒有再去她那兒，她就不會再來，如果我請她吃個飯，完全我付賬單的那種，她就一定要買個東西給我。這樣的平衡。

後來呢？的士司機說。

什麼後來？我說，哦，後來她突然得了癌症，她就消失了。

哎，的士司機說。

也許她還活著。我說，我只是說她消失了，但她也許還活著。

我沒有給第三個女網友打電話。然後就是三年過去了。

我在一個不知道誰是召集人的BBQ又見到了第三個女網友，那個時候我都快要離開紐約了。她成為了我的布魯克林好朋友。

我們一起吃了中國城外賣回來的煲仔飯，一起去了植物園，中央公園，科尼島，科尼島上有摩天輪和水族館，我剛才是不是說過了？我們還一起去了一個動物園。

那一天實在太熱了，我就記的熱了。我一點也想不起來動物園到底在哪裏了。

那個動物園裏有個纜車，你坐在上面，動物們在你腳底下那種。可是太熱了，熱得我和我布魯克林的好朋友都不想再看到任何動物。

我突然就說，她們為什麼都消失了？我的汗水沿著下巴到達了肩膀，因為我把頭了扭過去，跟她說了這麼一句，她們為什麼都消失了？

她說你是一個垃圾桶。

我說我是一個垃圾桶。

她說你收集所有的髒秘密，你就像一個垃圾桶那樣收集所有的傾訴，所有的垃圾。

我說垃圾桶不會說話，可是我會。

所以她們恨你，我布魯克林的好朋友說。她就是這麼說的。

她們倒的時候為什麼不恨？

是你消失了。我布魯克林的好朋友説，對她們來講不是她們是你，你消失了，她們的秘密也就消失了。

我的汗水沿著肩膀滾到了小腿。

你也讓她們消失吧。她説，你就忘掉了。

我怎麼會忘掉？我説，我什麼都不會忘掉。

這個時候纜車經過了一個叢林，整條纜車都被樹和樹葉包圍了。仍然很熱，熱得我的汗水沿著小腿掉到了腳背，又從腳背掉到了叢林裏面。樹洞不會説話，可是樹會長出枝葉，每一片葉子都會説話。我就是這麼想的。

到了。的士司機説，隧道費算在車費裏了。

我致了謝，下車。

拿出手機，這會兒又有網路了，這也太奇特了。

的士在前邊掉了個頭，開走了。我這才想起來，司機都沒跟我算口罩的錢，而且，布魯克林有動物園嗎？

○○○ 美麗閣

老公去世快要一年了。阿美不大想老公，要不是客人突然提起。

客人為什麼突然提起？阿美也有點想不起來了。

只記得客人結結巴巴地說很抱歉。

阿美的面色很淡，說，我也不大想起他。

客人趕忙拎了包離開，說還要去隔離的街市買菜，回家煮飯。

阿美是餅店的收銀員，屋邨餅店，做的街坊生意，與街坊們都相熟，街坊來買包點，有時候就說幾句。

阿美不用趕回去煮飯，兒子大了，不用料理。阿美自己，有時候煮個木薯，也當是一餐。

只吃木薯，仍舊是一天天地，越來越胖。身形是怎麼胖起來的，阿美自己都不清楚。老公還在世的時候，自己是不胖的。

也是耶誕節，那天全家還去吃了酒店的自助餐。回來以後老公就說不舒服，阿美說看醫生。老公說沒事的，躺一躺。這一躺，就一直躺在醫院裏了。

也不過一年，那一年，醫院裏的一年，阿美也有點想不起來了。第一次查就已經晚期，化療，擴散，再化療，阿美到現在都沒弄明白。

阿美只記得耶誕節，商場又佈置了聖誕樹，到處花花綠綠，可是老公說化療太苦了，不化了。阿美說，都要化的，不化怎麼辦呢。老公說難受啊。阿美說那我給你揉一揉胸口吧。揉著胸口，老公就走了。

所以阿美什麼都忘了，就記著這一段，老公說難受啊，阿美給他揉一揉，然後老公就走了。老公的表情有沒有很痛苦？老公還有什麼割捨不下？阿美全忘了。

老公在的時候，家裏家外都是老公在管，懵懵懂懂的阿美，連結婚那一天都是懵懵懂懂的。懵懂的阿美，也不知怎地找上了這個香港的老公，同鄉們都羡慕阿美，樣貌最差，話最少，人最木，偏就找著了最安穩的後半生。阿美懵懂地想過，要麼就是自己的木，自己的話少，讓老公看上了自己。老公話也不多，但是要那麼多話作什麼，一起過日子，要不了那麼多的話。

兒子出生，長大，剛開始唸港專，老公就走了。老公走了，阿美只能出來工作，若不是老公留了間屋，夠母子度日，這後半生，真算不得安穩。

阿美在餅店，仍舊話最少，什麼八卦話八卦事，阿美都是不參與的，聽是聽了，當是沒聽見。可是話多的街坊，阿美也沒有辦法。有一位，每日快落市的時候就來，要兩件葡撻，開始跟阿美講事情。

阿美啊，昨晚我同鄉說約飯，我就先去提款機取現金，一起吃飯嘛你知道的，分賬單時候要用現金的嘛。大家都是第一次見面啊，一個男同鄉，一個女同鄉，聊得那個開心，當我是燈泡啊？也不知道約我幹嘛，就他倆約好了。吃好飯，竟然還同我講，他們兩個人想找個地方走一走。我只好說好啊好啊你們去走走。阿美我同你講，這種飯，我為什麼要去吃？我也不知道啊，同鄉嘛，我就去了啊。第一次見面就走一走哦？不過也不關我事。這時候我才想起來提款機，卡拿了，錢沒有拿，兩千塊啊！他倆還問我，哪個地方可以走一走？

阿美從收銀台走出來，餅店門口的葡撻櫃枱旁邊，拿了膠袋，夾一件撻，輕敲一下，撻從撻模裏脱出來，放入紙托。

客人也跟過來。阿美啊我同你講，今天早上還有個人在微信裏問我，急事，可不可以借我二十塊錢？我一看頭像，根本不熟嘛，但是順手發了過去。過了一會兒，他倒退款了，還說，愛上你了，我那麼多哥們姐們都不借我，只有你這個陌生人，一句話沒問，馬上給我。我就是愛上你了。

阿美夾了第二件撻，放入紙托，一張薄紙板墊住膠袋底，兩件一起放入膠袋，遞給了客人。

莫名其妙哦。客人說，莫名其妙的愛。

二十塊？阿美忍不住問。

客人拎了葡撻離開了。

另個客人總是要一件奶油豬，烘熱。

等烘的時候問阿美，阿美你以前是做什麼的？

阿美說以前不做什麼，就是在家。

客人說是嘛，要出來做的嘛，自己掙私房錢，自己掙的就是自己的，千萬不要算到家用裏都用光了。

阿美笑笑。

客人説老公給家用時候的臉可難看了。

阿美轉頭看了一眼烘爐，取出了奶油豬，包好，遞給了客人。微熱。客人也沒説什麼。過了幾日，老闆在爐上面貼了張告示：待維修，烘底切件取消。

若只是爐壞了，切件為何也寫上？阿美看著這一句，是不通的，但也只是看看。店裏的同事都説老闆肯定是要叫誰走，人工日日漲的，吃不消。

阿美也只是聽聽。若是要叫自己走，那就走。

還有位客人，要一件三角朱拎走，拎了也不走，開始向阿美推薦連續劇，蝦米沉沉靜靜雙。阿美説啥？蝦米啥的有一雙？客人寬容地笑，香蜜，香香的花蜜。阿美説哦。燼如霜，燼如霜！客人把手機伸到阿美鼻子下面，阿美看了一眼，阿美還是不懂。阿美笑了一笑，説，武打片啊。

什麼武打片嘛，客人不高興了。

我不懂的，阿美趕緊説。我什麼都沒看過。

阿美沒空看，阿美的空，有時候再翻一翻鄉下帶過來的幾本書，有一本《白鹿原》，阿美看了好多好多遍。阿美為書裏人的命運感歎，自己的命，阿美不大想，除了老公患癌病突然走了，都算是平平淡淡，也沒有什麼好感歎，不大去想，也是因為不大空。更多的時候，阿美都是沒有空的，阿美整日做些什麼，阿美自己都説不上來，只是整日都好忙，幹不完的活。

那些空的女人，好像都集中在了這一個屋邨，美麗閣。

三角朱客人，聽講是有好幾層樓放租，從來就沒有上過班，有個女兒，也三十大幾了，都不要找老公的。母女不做事，就吃那幾層樓。隔離的美容院，五萬塊的套票買兩套。美容院清潔的阿姐多話，講出來那對母女，每天早上十點鐘就去美容院做減肥，做到十二點，出來吃了飯，又回美容院做臉做頭。VIP 房就是她們的。多話阿姐說，裏面還有個貝殼大按摩浴缸，別的單間可沒有。

這麼有錢的客人，只幫襯一件三角朱。不是阿美想的事。要是她們樂意的話，整間餅店都買得下來吧？可是她們要一間餅店做什麼呢？吃多了三角朱，還不是要減肥。

奶油豬客人也是不上班的，有時候傭人跟著她，有時候不跟，跟著的話，奶油豬客人就不要奶油豬了，要一件法包。傭人拖著買菜車，再抱一根長法包，奶油豬客人走在前面，還是神氣的，男人給家用的臉色，都不要緊了。

阿美也不上班地過了十八年，但是從來沒有過傭人，用不到，那些個活，即使是兒子剛出生，幼稚園，小學，阿美也是幹得過來的。也不全是自己多能幹，四千塊也是錢，屋也小，再多個菲傭，只能睡客廳，何必。老公也顧家，一下班就回家，幫手做事，有時候要加班，回了家阿美飯都煮好了，老公就洗碗。煮飯的不洗碗，洗碗的不煮飯，老公說這句話的時候還是笑嘻嘻的。可是老公走了，阿美一個人煮飯，一個人洗碗，突然就覺得好辛苦，心裏面，好辛苦。兒子升了中，老公升了職加了人工，有一天就跟阿美講，家裏也可以請個工人了，老婆不用那麼辛苦。阿美講，辛苦什麼？孩子小的時候最需要人手的時候都沒請，現在都大了，更不用請了。老公笑著講你是寧願自己多幹點活，也不想工人在你面前轉。阿美說那再多賺點錢啊，換樓，有工人房，工人就不在我面前轉了。老公說好好好，賺錢，換樓！可是老公突然走了，別說是換樓，日子，都有點過不下去了。

該是師奶幹的活，菲傭都幹了，孩子也是菲傭帶了，輔導功課，菲傭的英語都比師奶好呢。阿美是沒有用過菲傭，聽一個小同鄉說，都是大學生，又幹活，又管孩子，四千五，合算得很，家裏一用兩個，都要新加坡做過的，普通話說得流利，交待事情也明白。同鄉就是這麼說的。這個小同鄉，嫁得最好，年輕漂亮，最主要，旺夫。老公的公司本來有點不行了，兒子生下來，生意馬上起了色，又生了個女，湊成個好字，聽講老公的公司都快要上市了。

真真合算得很。小同鄉說，我可是跟Agent講清楚的，印傭我是不要的，教什麼都教唔到，衛生又差，只要菲傭，再奸的菲傭，我都自信管教得好。也真是運氣好，這次的兩個，不偷東西，不一天到晚只知道打電話的，服從性高了少少，要再給她們加工錢，那個高興哎，禮拜天也不出去了。

阿美捧住電話，不知說什麼好。

以前小同鄉剛嫁過來的時候，還歡迎阿美去坐了一次。阿美什麼都記不得了，就記得客廳的歐式沙發，水晶吊燈。還有一層樓梯，香港的屋，阿美頭一次見到樓梯，樓梯上去就是大露台，一個露台，比阿美家整間屋還大。

種菜！阿美腦子裏的第一個念頭。要我有這個大露台，我種菜。

心裏這麼想著，竟然說出了口。

小同鄉略帶嫌棄地看了她一眼。說什麼呢阿美姐，當然是看星星啊。小同鄉說，大夏天天色慢慢黑了，坐在這裏，再叫傭人送來一杯氣泡酒，看得到星星呢。

阿美看了小同鄉一眼，小同鄉穿了一件藕色長紗裙，簡直不認識她了。

大夏天，阿美只記得鄉下的麥地，無盡的麥地，心慌慌地在地裏走，走出一身大汗，天要黑下來就像一塊大布一樣突然罩下來，無盡的黑。心倒踏實了。

後面就是只電話了，小同鄉再沒有請過阿美，別的同鄉更是去坐一坐的機會都沒有。待阿美，小同鄉是真心的，有事沒事都一個電話來，說的都是真心話。

可是香港的師奶，還會幹點什麼呢？阿美經常會去想，菲傭都幹了，她們幹什麼？也許她們也不想幹什麼。阿美二十八歲認識老公，二十九歲結婚，一結婚就是師奶了，阿美對師奶這兩個字沒有意見，對阿美來講，做成了師奶，也是一種福氣。阿美的幾個同鄉，幾乎都做成了香港的師奶。

留在深圳的，只有阿麗，老公也是香港老公，只是兩公婆都不住香港，住深圳，租的口岸對面的屋苑，一套兩居室。阿麗以前在一間美甲店做，後來就帶了熟客人出來，在家裏做，熟客人再帶熟客人，阿麗的收費，到底比外面地鋪平些，阿麗的手工又好。阿美從沒有做過指甲，有時候去找阿麗，阿麗正忙，阿美坐在旁邊看著又修又挫的那些指甲，也是不明白的，今天做了明天再卸，明天卸了再做新的，明天的明天再卸再做，還是美甲的客人們都太閒？上了癮唄。阿麗跟阿美說過一次，不做指甲做什麼？整日也沒有事的。這確是真的，阿麗的客人做好了指甲也不走，坐在那裏刷手機，一直一直不走，阿美要跟阿麗說點話就不是那麼方便。阿麗的老公，阿美總也搞不明白是做什麼的，阿麗的客人來，他就入房，不出來，阿麗的朋友來，他也是入房間。也沒有聲音，不知在裏面做什麼。依稀知道是帶貨的，有工開就回一趟香港，早上一個雙肩包去，晚上一個雙肩包回，也沒有第二個包，只是帶回深圳的，阿美不知是什麼，阿麗也從來不說。阿美猜是手機，也只是猜，若是帶大件，那得用上拖車。阿麗的老公不像是帶那些粗重物件的，阿麗老公只帶小件，一個雙肩包，來來回回。行有行規，阿美也不想去弄得很明白。

阿美老公住院的一年，沒怎麼找阿麗，顧不上。後面老公去世，再出來做事，也沒心思，有時候一個念頭：不知阿麗怎樣了？也是一閃而過。大概還是做美甲和帶貨吧，總沒有事的，若有事，阿麗會找來。

阿麗也沒來打擾，微信都沒有一句。那一年，阿美是誰都不想見的，小同鄉的電話也不接了，阿美的話本就少，那一年，更是少得一句都沒有了。

想到這裏，阿美想著，幾時要去一次深圳了，見一下阿麗。

放工的路上就接到小同鄉的電話。

他在外頭有人！小同鄉的第一句。

阿美捧住個電話，仍是不知說什麼才好。

我是要鬧的。小同鄉說，鬧出來誰都不好過！我怕什麼？我有兒子我什麼都不怕！姑仔竟然出來講算過了我幫夫運只得十年，以後沒用了。

胡說八道嘛。阿美憋出來這句。

先頭就講我兩個傭人的八字都跟主家沖的，要趕掉。現在又來動我！難道我跟傭人是一樣的？不是還要上市嗎？阿美突然問，家族企業？

上市個屁！小同鄉怒氣衝衝，七姑八婆都要來插手的家庭作坊，還有臉講出來上市這兩個字！

阿美不知說什麼。說什麼都不好。

還是阿美姐自在。小同鄉兀地來了這麼一句。

阿美不說話，心裏面是不自在的。

小同鄉大概也是察覺失了言，趕忙補了一句，我真當阿美姐自家家姐的，說的都是知心話，我是講我，我多不自在，連姑姐姑仔都來指手劃腳。

阿美突然就想起來小同鄉的那個大露台，晚上看得到星星。

老公還在的時候，阿美也算是個有臉有面的太太，有一陣也被拉去一些太太群組。太太們總是約住十二點鐘在茶樓飲茶，有時候下午趴，有時候下午牌，下午的趴踢和牌局阿美都是不參加的，家務事要忙。十二點的茶聚，阿美有時候去，於是也聽得到一些八卦，太太們也放心阿美，阿美聽德好，聽什麼都點頭，口德也好，基本就是不說話，能不說話就不說話。阿美也真是聽了什麼都當是沒聽見，真記不住。仔細回想也只想得起一件，其中的一位太太，愛買包包，經常換包包，換了新包包就拎來茶聚，太太們輪一圈地摸，說的都是好話。阿美不懂包包，阿美自己總是一個布袋，布袋裏面再疊著一個布袋，因為飲過茶還要去買菜。阿美不懂包包，包包傳到阿美這裏，馬上又傳回了別的太太。那一日那太太遲到，太太們就開始講，都是A貨來的，怎麼好意思背出來。阿美埋了頭，仍當是聽不明。連出來喝茶的衣服都會上TB買，就是LOW貝，其中一位太太講。阿美一看，竟是與那位太太慣常要好的一位，平日飲完了茶都要一起走的，卻說這樣的話。阿美抬了頭，看了一看那位太太的包包，肯定是真包包，因為佔了個位，還用絲巾墊著。這位太太來的時候戴著長及肘彎的白手套，包包挎在肘彎那個位置，落了座，墊了絲巾，放上了包包，才將手套除下。阿美後來後來才知道，那是怕手汗弄污了包。那時阿美已經不在太太組了，太太們飲茶再也沒有叫過她，那位拉她入群組的太太，更是被大家說了好幾天。阿美左思右想都不知自己犯了什麼過錯。要麼就是有一次，太太們茶聚講理想，有講要做更多公益的，有講要去山區捐幾所小學的，還有一位說要做藝術家的，也都已經拍了不少照，朋友圈裏人人讚好，阿美都禁不住多看了那位太太幾眼。輪到阿美，阿美講，我，我想換間大一點的屋。不要異想天開了好不好？！太太們個個瞪大了眼睛。有位太太更是語重心長：阿美，你先生那點死工資，買到間居屋真算不錯了，你自己又不做事，不掙一分錢，不要去想那麼不切實際的，做人呢，最主要面對現實。太太們紛紛交口稱讚，這話說得，有水準！阿美更是紅了臉，低了頭。若說是這件事，倒也可能。阿美本就與那些太太們不是一個組。買包包的太太雖是常買假包包，但還有買包包的能力，阿美，根本就是連買包包的心思都沒有，怎麼能放在一組呢？想到這裏，阿美也有些釋然。

餅店老闆說阿美不用來了的時候，阿美竟也有些釋然。叫我走，我就走吧。阿美就是這麼想的。但仍要將這一天撐完，再怎樣，阿美總不叫自己失了體面。一個同事還走過來講老闆好人來的，真是經濟不好，叫阿美不要發怒氣。阿美看了看她，笑了笑，說，沒什麼的。這位同事早早離婚，獨力養大個女，剛從港大社工系畢業出來，該是返工回饋社會，卻日日跟母親吵架，在家裏摔東摔西，怨恨母親當年生她的時候腦子壞掉了，要的特區護照，如今移民不了英國。同事日日返工都是哭過了的紅眼睛。就算是能夠過去，過去了做什麼呢？又紅了眼睛，怎麼活得下來？阿美一直以來的心結都是兒子學習不好，考不上大學，只能唸港專，也是老公的心結，若說是老公閉眼的時候有什麼放不下的，就是兒子的未來。但到了今天，阿美竟也一起釋然了。港專就港專吧，入得了港大中大未必就學得好，健健康康就得，未來只求安穩度日。那些太太確實也有道理，做人呢，最主要面對現實。

臨放工，阿美正在收拾，阿美也沒有什麼可收拾的，若說是還有什麼留戀，就是包點出爐那陣，絲絲甜香，也是煙火氣吧，叫人有些許難忘。隔離美容院的清潔阿姐又走過來買包。突然就跟阿美講，店裏正招按摩師傅，阿美要不要轉工？

阿美搖頭，按摩，我不會。

阿姐說按摩最簡單，店裏包培訓，以後多個手藝，而且入了店就有底薪。

阿美猶豫。

阿姐就說，我以前也是個老闆娘呢，大陸有個廠子的。

阿姐的話一直很多，但說起身世，卻是頭一回。阿美禁不住停了手，望住阿姐。要不是貪錢，跟住表姐炒股。阿姐歎氣，廠炒沒了，房炒沒了，老公也炒沒了。

還炒嗎？阿美忍不住問。

阿姐搖頭。

虧了那麼多錢，不想翻本？

我現在就安穩打份工，老老實實。阿姐說，股票，我是再也不碰了。

阿美說我也不懂股票的。

我都好放下。阿姐說，你有啥放不下的？

不是不是。阿美連連擺手，我是怕我笨，倒不是嫌這份工。做得多，掙得就多。阿姐又說，真要靠自己，只能靠自己。

阿美說明白，明白。

阿姐總是要一個落市八折的肉鬆卷，飽肚，還有肉，果然實實在在。站在店裏吞完肉鬆卷就返去做最後的清掃。若真是做過老闆娘的，這位阿姐，真的是放得下。

見了工，阿美去了深圳。

下週上工之後，一月只得三日休息，遲到早退都要扣錢，阿美也不怕，阿姐說過的，做得多，掙得就多，若真是必要，三日休息也是可以不休息的。阿美就是這麼想的。

許久不來深圳，阿美對這個地方，都有些生分了。

按照阿麗給的位址，來到一個社區，竟然也叫美麗閣的，這個世界，有時候果然奇妙。

一間湘菜館，阿麗竟是老闆娘，忙前忙後顧不得阿美，只叫阿美先坐著。

阿美坐在最靠裏的單人位，旁桌坐著阿麗的老公，阿美還是頭一回這麼清楚地看到阿麗的老公。許久不見，竟然是這麼老的一個老公。也許是店裏的燈光，也許本來就是老的。

一個與阿麗老公差不多老的一個男人，坐在阿麗老公的對面，桌上一盆小炒香乾，看起來都有些涼氣了。

阿美原不想聽他們的對話，又沒有事做，聲音都入得耳來。

原來是要借錢，支支吾吾，這口也開得艱難。阿麗老公一味說些閒話，兩人都識的熟人們，誰誰現在在哪裏，不出來了，誰誰聽講是病了，許久沒了消息。最後一句，店子也是新開，日日捱苦，不虧錢已經千恩萬謝。

阿麗老公的朋友沒有挾一筷菜，面前一杯凍檸茶，杯底下已經一圈水漬。

最苦的日子，老公在醫院的時候，阿美沒有借過錢，阿美沒有借過錢，但知借錢是最苦，最後要出來做事，就是為了不跟人借錢。

阿麗後來終於坐下來的時候一臉油汗，跟那個做美甲的阿麗也有些許不同了。也許是店裏的燈光。

阿美你知道的，我爸是廚子，阿麗說。

阿美點頭。

我要給我爸掙一間自己的飯店，阿麗說。

阿美也想起來，阿麗的父親，手藝很好，但也一直只是在鎮上的飯店打工。那一夜很夜了，半夜突然醒了，聽到阿爸跟阿媽講想出去打工，呆在別人的飯店，受氣，沒有出路。我就跟我自己講，我大了要給阿爸掙一間自己的飯店。

阿麗的阿爸沒有出去，阿美記得的就是，阿麗的阿爸一直都在那家飯店。

給人帶貨能帶一輩子？阿麗突然說，到底不明不白，我不許他再做那行了。

是呀，阿美說。阿美想起來口岸看到的那些水貨客，多數很老了，拖著一車一車的貨，走得很快很急，與旁人都不相干的，小車輪滾過阿美的腳邊，阿美倒低了頭，無端端有些難過。

就在店裏幫手。阿麗說，總好過帶貨。

阿美點頭。

阿美，不好意思啊，去年過年都沒找你。阿麗說，我回老家了。

阿美說不要緊。去年過年，也是阿美最難的那段，但是阿美不說什麼，阿美說不要緊。

我想離婚，阿麗說。

阿美說你可千萬不要這麼想。

所以我就回老家了，阿麗說。

阿美不知說什麼好，阿麗的阿爸阿媽都已經不在了，阿麗出來後就再沒有回去過。阿美原以為阿麗是永永遠遠不會再回去的。

足足一個月，我就在床上躺著，啥都不幹，阿麗說。

阿美沉默著，想像了那一個月，即使是最難最苦的，老公走的第一個月，阿美也沒有過躺著不動。阿美做這做那，收拾來收拾去，讓自己忙起來，讓自己忘掉。

後來終於再去那間飯館，還說是裝修過了，仍是水泥地，牆角都是泥污，竟是我小時候當是天底下最好地方的地方。

阿美說那是你出來了啊，見到了更好的，才會這麼想。

我們不應該出來嗎？阿麗說，我們不應該見到最好的嗎？

阿美不說話。

我想給我爸掙個自己的飯店，這一句，我從來就沒有說出過口。阿麗說，要我說出來，我爸會高興？我爸只會講我異想天開。

你沒有說，怎知道你爸會不高興？阿美說。這可能是阿美話最多的一句。

如果你爸看到了這個飯店，一定會高興的，阿美又說。

是吧，阿麗說。

其實也不全是為了你老公，你阿爸，阿美說。阿美的話真是有點多了。

為著你自己。阿美說，你給你自己掙了個明天。

說出了這一句，阿美也笑了出來。若是那些太太們聽得到，一定也都會交口稱讚吧，這話說得，太有水準了。

○○○
鹽田梓

我不要去橋咀洲。珍妮花説，去了太多回了，實在不想再去。

我看廣告板，上面還畫著火石洲。「浮潛勝地火石洲，入水四米就見到大量海洋生物的蹤影。」廣告板上就是這麼寫的。

一個男的湊了過來。馬上開船了，他説。

我看了他一眼。

馬上開船了，他又説。

火石洲多少錢？我問他。

不去，他堅決地説。

橋咀洲。他説，馬上開船了。

我不要去橋咀洲，珍妮花説。

馬上開船了，男的說。

我懷疑他只會說這一句。

我往旁邊走了一下，一個賣各種海洋生物的攤，每一種海洋生物我都不認得。珍妮花跟著我。

站在海洋生物攤前，我往海鮮街的方向指了一下，說，如果我們往那邊走，就是一堆海鮮飯店。

如果我們往另外一邊走。我說，我也不知道那邊有什麼。

珍妮花不說話。不知道她在想什麼。

馬上開船了。又一個男的湊了過來。另外的一個男的，不是剛才那個，但是說的話一樣，馬上開船了。

我也不說話。我也不知道我在想什麼。

鳳梨包。男的說，橋咀洲有鳳梨包。

我不要去橋咀洲，珍妮花說。

男的一扭頭，走了。

你看他們一點生意都沒有。我說，既然來了，幫襯一點。

我不要，珍妮花說。

我歎了口氣。

那我們去爬山？我說，上大金鐘？

我不要。珍妮花說，而且我也上過大金鐘了。

我還沒有。我說，我一直想著上。

你先準備兩個月。珍妮花說，你現在這個樣子上去了也下不來。

肥婆肥婆，又一個男的湊上來說。

我看著他。馬上開船了馬上開船了，他又說。

五十塊五十塊，他又說。

我掏出錢包給了他兩張五十塊。他給了我一張卡片，上面寫著，肥婆船務，一個電話號碼，電話號碼下面一行字，夜釣墨魚。

整點回整點回，三點四點五點。他說，最晚五點最晚五點。

我把卡片收入錢包。珍妮花不動聲色地看著我。

船叫肥婆，船叫肥婆，我對珍妮花說。我也不知道我為什麼要說兩遍。

往碼頭走。只有一個船停在那裏，那條名字叫做肥婆的船。

我們上了船。已經坐得很滿，船頭都坐著兩個人。我跟珍妮花對視了一眼。

馬上開船了馬上開船了！那個賣票的男人也跟了過來，站在碼頭上喊。又有兩個人上了船。

船遲遲不開，我跟珍妮花對視了第二眼。

這是要再塞幾個人嗎？珍妮花跟我說。用的英文。

我不確定，我說。我也用英文。

這是生意不好做的樣子嗎？珍妮花說，這麼多的人。

船突然就開了。珍妮花閉了嘴。

開船的是一個老太太，威風凜凜，非常瘦，非常瘦。

開著開著坐在我旁邊的一個保溫袋倒了下來，掉到了座位下面。我正想著要不要把它撿起來，開船的老太太離開了駕駛位，把保溫袋拿走了，掛到方向盤的旁邊，那兒已經掛了一袋小青菜。

你是想撿是吧？珍妮花說，你怎麼會去碰別人的東西？

我沒理她。

這種時候，珍妮花又說。

我把頭轉向窗外，滾滾波浪。

我突然意識到這條船並不是去橋咀洲。

我看了看滿船的人，開船的老太太，沒有一個人是可以說一句話的。

我就跟珍妮花說，會不會是鹽田梓？

我不要去鹽田梓。珍妮花說，那上面什麼都沒有。

我沒去過。我說，總比橋咀洲好吧。

就一個教堂。珍妮花說，那上面就一個教堂。

我不要去教堂，我說。

我就知道你會這麼說，珍妮花說。

我把頭扭回去，滾滾波浪。

船靠岸以後，坐我旁邊的一個男的鄭重地站了起來，鄭重踏上甲板，以一種極為鄭重的步伐邁上碼頭的台階。他絕對感染了我。

我注視著他，注視著他鄭重地直奔一個餐廳。

我跟著他，珍妮花跟著我。
一個繫白圍裙的服務員正走出餐廳的門。我訂位了！他衝著那個服務員喊。
服務員說他要去看一看訂位名單，就又走回了餐廳。男人等在門口，站得筆直。
我看了一下環境，還不錯的露天位，望得見四面的海。
我們也喝一杯吧？珍妮花說。
我看了看時間，中午十二點二十分。
島上轉一圈再來？我說。
好吧。珍妮花說，不過這島上也沒什麼東西。
沿著一條斜路往上走。我又回頭看了一眼，那個男的已經坐了下來，桌上兩支香檳酒杯。
路旁全是破房子。
我們往前走了一段，還是破房子。
像不像直島那些房子？珍妮花問我。
完全不像。我說，直島那些房子是慢慢地沒人住了，這個島，像是一夜之間，沒人住了。
珍妮花尖叫了一聲。
我說你幹嘛。
她說反正也沒人，就叫一聲。
我說如果半夜三更在這兒這麼叫會嚇死人的。
最晚的船五點，珍妮花說。

你怎麼知道的？

我也聽到啊。珍妮花白了我一眼，說，整點，三四五。

再往前走，一根電線杆，上面貼著一張紙，紙上寫，戴好口罩。

我就把口罩脱了下來。一股油菜花味撲面而來，我趕緊戴回了口罩。大冬天一個西貢的島，為什麼會有油菜花味呢？我就是這麼想的。

你別說，這兒確實很合適拍戲，珍妮花說。一邊說，一邊脱口罩。

你沒聞到嗎？我說。

聞到什麼？珍妮花說，我什麼都聞不到。

我按緊了我的口罩。

分岔路口，一個指示牌，一邊是井，一邊墓地。

我說我不往前了，我要往回。

看看那個井唄，珍妮花說。

井有什麼好看的，我說。

來都來了。珍妮花說，都沒事幹。

我在這兒等你。我說，你看了井再回來。

而且我肯定你靠近不了那口井，我又說。

為什麼？

我指給她看，大太陽下面，密密麻麻的飛蟲，靜止在那條去往井的小路上。

珍妮花哼了一聲，往那些蟲走。

走到一半，她戴回了口罩，又幾步，她停在了一棵樹的下面。從我的角度，她經過的那些蟲都被她的頭打亂了，但是她前面的蟲，仍然停在原處，一動不動。

我不由後退了幾步。

珍妮花繼續地停在那棵樹下，距離那口井，好像也不過一米的距離，但她沒有再往前。那些蟲也沒有動，經過的，還沒有經過的，都不動。我遠遠望著。

珍妮花轉了個身，退了回來。那個瞬間，所有的蟲都動了，向她撲去。我趕忙又後退了好幾步。

珍妮花小跑起來，跑向我，跑過了我，往墓地的方向去。我跟著她。我們一起跑了至少一分鐘，停了下來。我跟自己說不要回頭，不管後面有沒有蟲。

路旁全是半人高的小灌木，或者別的什麼木。這麼走了好久，一個人都沒有，前面後面都沒有人。

我說我走不動了。

就快到了，珍妮花說。

到哪兒？我說，墓地？

珍妮花埋著頭走，不說話。

又到一個分岔路口，一邊墓地，一邊雙子亭。

你看，只是經過，經過墓地。珍妮花說，如果你不想去墓地就不用去墓地。你想去墓地嗎？

不想，我很快地答。

這時走過來了一條狗。我看著那條狗，非常小，非常小的一條狗。狗經過了我們，看都沒有看我們一眼，直接向雙子亭的方向去了。

我跟珍妮花對視了一眼，跟在了牠的後面。

走著走著牠不見了。

這不可能啊。我說，那麼小的狗走那麼快？

是你走得太慢。珍妮花說，你還想上大金鐘？你這個體能？

我還要上吊手岩，我說。

珍妮花哼了一聲。反正有直升飛機。她竟然說，你下不來搭飛機下來。

我下不來就不會上去，我說。

這個世界上得去下不來的人多了，珍妮花說。

我想爭辯一下，又覺得也沒有錯，這一陣子我確實天天看見直升機進山撈人，上得去下不來的人還不少。

到了一個亭子，珍妮花坐了下來，拿出手機，開始打遊戲。

我也坐了下來，我也拿出手機，我也打遊戲。

打著打著，好像太陽都有點下山了。

我們就是來鹽田梓打遊戲的嗎？珍妮花突然說。我說還不是你先打。珍妮花騰地一下站了起來。走！她說。我只好跟著她。

走了一段路，又到了一個亭子，一個小亭子套著一個大亭子。珍妮花又坐了下來。我不坐，我站著，往遠方張望。

珍妮花你看，那兒一個高爾夫球場，我說。

這種時候還會有人打高爾夫？珍妮花說。

這種時候不也有一船的空人來這兒？我說。正説著，一堆男女老少嘰哩呱啦地進了亭子，都沒戴口罩。

珍妮花馬上站了起來。走！她說。我跟著她。

再往前走了一段，下了一段石台階，看到一條長橋。兩個女的坐在橋上拍照，各種擺姿勢，還有三角架。

過了橋，一堆荒草裏豎著個牌子，朱紅的字，都有些模糊了。

珍妮花湊近了看。我説寫的什麼？

這塊土地屬於高爾夫球場，窮人不要隨便進來，她說。

最多四個字吧？我說。有那麼長嗎？

一個意思，珍妮花說。

那我們往回走吧，我說。

為什麼？珍妮花說。

私人地方啊。我說，擅闖違法。

珍妮花哼了一聲，仍往前走，我只好跟著她。走到一圈鐵絲網前面，她停住了。

跨過去啊，我說。

跨過去幹嘛？

打高爾夫啊，我說。我也不知道我為什麼要這麼說。
還記得那誰嗎，珍妮花扭頭對我說。
記得。我說，咱倆都修網球，她選馬術，還有高爾夫。
你倒記得比我還清楚。珍妮花笑了一聲。
太清楚了。我說，我是只買了個拍，她修那兩個課，裝備就買了不少。
珍妮花又笑了一聲。
不過後來她嫁入豪門了，我又說。
多豪？珍妮花說。
很豪吧。我說，有一次在一個會碰到了，她跟我說了一堆，當年那幫同學是如何嫉妒她的如何傷害她的，我只好說我不知道那些事，因為我挺幼稚的，當然現在也幼稚。她就說，你沒有辦法改變那些窮人。她就是這麼說的。你也沒有辦法叫他們永遠消失。她真的這麼說，你只有一個方法，你進入到一個更高級的階層，你就再也不用見到他們了。
有點道理，珍妮花說。
有什麼道理？我說。
珍妮花拿出手機，拍了一下那個鐵絲網。鐵絲網的那一邊，風和日麗的高爾夫球場，草地上的草絕對都是一樣高的，還有一棵樹，站在一個剛剛好的位置。鐵絲網的這一邊，一派亂象，所有的東西都長在不對的地方，地都是不平的。
我也拿出手機，拍了一下珍妮花在拍那個鐵絲網。

回到橋上，那兩個女的還在那兒擺姿勢。坐著，躺著，趴著，還有反光板，剛才我都沒有注意到那塊板。

這是橋嗎？珍妮花說，修得跟個壩一樣。

我看了看腳下，確實是個壩。我就說，能用就行，管它橋還是壩。

能用嗎？珍妮花說，橋那邊就是個不能去的地方，有意思嗎？

以前肯定能用。我說，以前又沒有高爾夫。

查查？珍妮花說。我拿出手機查了一下。

「五〇年代，鹽田梓島資源匱乏，村民希望往來隔離的滘西洲拓荒耕作，於是動員全村人力物力，三代人合力建立修葺了此橋。此橋的建造是客家人勤勞耕作的見證。」

村民自己出錢造的。我說，三代人。

造成這樣不容易了，我又說。

你這麼說我也不知道說什麼好了，珍妮花說。

我們就開始拍照。現在橋上有四個拍照的女的了，各種拍。

橋的左邊有一些漁船，停泊得很遠，右邊是一個遊艇，若不是那幾條漁船的小，都襯不出遊艇的大來了。我左拍了好幾張，又右拍了好幾張。然後我把那個遊艇指給珍妮花看，說，真有人上島打高爾夫的。

這種時候。我補了一句。

有什麼。珍妮花說，我也租過的。

又不貴。珍妮花補了一句。

租它幹嘛。我說，又不做生意，有夥伴要招待嗎？

上次過生日，珍妮花說。

哦。我說，你過生日不叫我的？

珍妮花沉默。

你過生日不叫我的？我又說了一遍。

你會把人都嚇跑的。她竟然說，你跟人講文學。

這種時代，她又說。

那講什麼？我說，講數學？我連自己的手指頭都數不清楚。

算了我不跟你計較，珍妮花說。

我把頭扭向另外一邊，黑白相間的大遊艇。我的內心都要爆炸了。

下次叫你。珍妮花說，真的，下次叫你，好了吧。

好，我說。

回碼頭的路上經過了一片小鹽田，旁邊就是紅樹林。

我好像看到了一隻螢火蟲，珍妮花主動地說。

我說哦。

真的，珍妮花說，真的是螢火蟲。

有紅樹林就會有螢火蟲，我只好說。

上次去馬來西亞，珍妮花說，還記得嗎？那片紅樹林。
不太記得了，我簡短地說。
螢火蟲不吃飯的。珍妮花說，就是長了個嘴。
我笑了一聲。是那個導遊說的，我說。
是啊，她還挺好的。珍妮花說，看到你沒東西吃，還去廚房關照了一碟青菜。
真是盡力了。我說，一個導遊。
你說你吧。珍妮花說，為什麼要報那種窮人旅遊團呢？團餐都搶得不管不顧的。
我也不知道為什麼，我說。
那你說我們為什麼又要來鹽田梓呢？珍妮花說。
她說她不是當地人，我說。
那個導遊？珍妮花說，一個導遊跟你講那麼多話？
可能是因為普通話遊客不多吧，我說。
跟著一團廣東話遊客的普通話遊客確實不多。珍妮花說，就你跟我，足夠咱倆回憶一輩子的了。
她說她到馬來西亞二十多年了，我說。
還只是個導遊，珍妮花說。
我不想說什麼了。我們經過了那片小鹽田，一個人都沒有。
如果想要體驗一下手工曬鹽，歡迎預約。牌子上可能是這麼寫的。也可能牌子上什麼都沒寫，只是我是這麼理解的。

又經過了一片小菜田，一個人都沒有。

上了幾級台階，一個餐館，門口一塊黑板，寫著土窯雞，菜脯蛋，客家豆腐。

我不要吃這些東西，珍妮花大聲地說。超過了我，走到前面去了。

一棵大樟樹下面，一個鄉村茶座，珍妮花停在那兒看，上面寫著豆腐花，茶粿。

我不要吃這些東西，我也大聲地說。我也超過了她，走到前面去了。

就回到了碼頭，西餐廳的露天位。那個男的還坐在那裏，筆直的香檳酒杯，看起來像是完全沒有動過。

正對一個迷你沙灘，一堆人在那兒拍照。如果注意一下角度，沙灘又會變得巨大。

喝一杯？我跟珍妮花說。

不要。珍妮花說，一點意思都沒有。她徑直往碼頭去了。

我看了看時間，兩點半。

還有半個小時才有船！我衝著她的方向喊。她仍然慢慢地坐了下去，碼頭一排椅子，她就坐在那兒。

我想我再去走一圈好了，我就是這麼想的。但我也慢慢地坐了下來，一個小亭子裏。一點意思都沒有。

拿出手機，打遊戲。正打著，眼角的餘光注意到珍妮花走過來，走過來，經過了我，向茶座的方向去了。

我繼續打遊戲，打了一會兒，我站起來，去找她。

茶座裏一堆男女老少吃豆腐花，吵吵鬧鬧，我的頭都要炸了。看了一圈，沒看到她。

一條更斜的斜路，一個白色房子，我猜是教堂。上到上面，果然是教堂，就看到了珍妮花，她正在拍一朵花。

我進了教堂，坐了下來。面前一排光滑的木板，不知是什麼。能把腳放上去嗎？一定不能，那麼為什麼要放這麼一排板？正在想，一個人走到我的面前，對我說，不要把腳放上去！

我就站了起來，從教堂的另一個門出去了。珍妮花還在拍那朵花。我看了看天，看不出來顏色。

喝一杯？我說。

不要，珍妮花說。

碼頭等船的時候來了兩個小孩，圍著珍妮花跳了三圈，跳過來，跳過去。三圈跳完，圍住我，跳過來，跳過去。

小孩的媽坐在旁邊。唔好郁啦，那個媽微弱地說。

小孩理都不理她，又去圍住珍妮花跳。

唔好郁啦，那個媽更微弱地說。小孩繼續跳。

對面一排五顏六色的風鈴管，被塑膠布包得紋絲不動。一個戴墨鏡的女的在那排管子前面拍照，各種擺，各種拍，各種拍，各種擺，我從來沒有見過那麼高興的女人。

我呆呆看著那個女人，她至少拍了一千張。

小孩又跳過來的時候我終於站了起來，珍妮花看了我一眼，繼續打她的遊戲。我不知道珍妮花會不會爆發，反正我要爆發了。

人多起來，所有的人都擠在碼頭。船還遲遲不來。

會不會上不了船啊？我說。

珍妮花頭也不抬，說，有可能。

太多人了。我說，這麼多人一條船不可能裝得下啊。

我們不是第一個到碼頭的嗎？珍妮花說。

現在不是了，我說。正說著，又有幾個人從後面湧上來，擠到了我的前面，我都以為我要掉到海裏了。船遠遠地來了，兩個小孩和那個媽馬上又擠到了最前面，人群擠著擠著，要不是有個圍欄，我已經掉到海裏了。

我要站到最後面去。我對珍妮花說，我快要上不來氣了。

去吧，珍妮花說。

會不會上不了船啊？我說。

不會。珍妮花說，我在這兒。

我就擠到了最後面，最後面，人群的周邊。船近了，近了，靠了岸，跳來跳去的小孩上了船，那個媽也上了船，人們紛紛上了船，珍妮花也上了船。所有人都上了船，我上船。

珍妮花正跟一個戴墨鏡的女的說，不好意思這兒有人了。墨鏡女人不高興地坐到了珍妮花的另外一邊。我走過去，坐到珍妮花的身旁，身心俱疲，這二十分鐘的回程，我一句話都不想說了。

戴墨鏡的女的突然高聲說，不要臉！

我簡直目瞪口呆。珍妮花跳了起來，你說什麼？

你們兩個佔位不要臉！墨鏡女人跳得比她還高。
我也跳了起來，但我想不出來說什麼，又坐了下來。
你們兩個大陸人！也不怕香港人看笑話！墨鏡女人繼續喊，快來看啊快來看啊佔位不要臉啊！
我環顧了一下周圍，全船的人都沒有反應，臉部表情都沒有。
你是遊客吧？我說，我們這也不算佔位……
我來香港三十多年了！墨鏡女人叫起來，你們才遊客！你們兩個大陸遊客佔位不要臉！
我們也來香港十幾年了。我趕緊解釋說，我們也不是遊客。
香港人都看不起你們！墨鏡女人突然伸出了一根手指，快要戳到我的鼻子。不，要，臉！她又說了一遍。我懷疑她只會說這三個字。
碧池，珍妮花突然說。
我吃驚地看著珍妮花，我從來沒有聽珍妮花說過這個詞。
這也太難聽了吧，我對珍妮花說。
墨鏡女人也停了下來，困惑地看著我和珍妮花。
碧池，珍妮花又說了一遍。
多大的事兒啊。我對珍妮花說，婊子這個詞都出來了。
啊啊啊！墨鏡女人嚎叫起來，你們竟然叫我婊子？
碧池，珍妮花說了第三遍。
我要拍你們！墨鏡女人掏出她的手機，對住我的臉拍起來，拍了三秒，又去拍珍妮花的臉。

我趕緊按了一按自己的口罩。

你也快來拍！墨鏡女人推了推她旁邊的一個女的，那個女的立刻舉起她的手機，對準我的臉，拍起來。

我才注意到還有一個女的，也戴了個墨鏡，挎了一個巨大的古池包包。

古池包包的鏡頭從左移到右，又從右移到左，我的臉和珍妮花的臉各佔三十秒，鏡頭完全不抖的。

我轉頭看了一眼珍妮花，她竟然也舉起她的手機，拍那兩個女的。

我到處找我的手機，一時沒找到。

我要發到網上！墨鏡女人給畫面配了音，我要曝光你們！叫全香港的人都來看！

你們不能拍我們。我結結巴巴地說，我們有肖像權的。說完，我覺得我真的挺文學的，一點用都沒有。

古池包包把手機換了個手，繼續拍。

碧池碧池碧池……珍妮花一口氣說了三遍。我感覺她要把她這前半生都沒說過的碧池都說完了。

墨鏡女人氣得站了起來，往船頭走去。

我的目光追隨她，追隨她，到了船頭，她扶住門框，望向大海。

一個非常可憐，又非常肥碩的背影。

我轉頭看了一眼珍妮花，說，真的太可憐了。

我實在是想不到用哪個詞了。珍妮花說，我的腦子裏只有那個詞。

我又望向那個墨鏡女人，她已經舉起手機拍起船外的風景來，像是把一切都放下了。也不知道是什麼手機，夠不夠她拍那麼多，還有我和珍妮花的長視頻。

我突然意識到她就是我在鹽田梓碼頭上見到的拍照女人，那一排塑膠布包住的管子都能叫她那麼高興，如果不給她她想要的那個座位，她一定就會那麼不高興。

你看你要來的鹽田梓，珍妮花說。

跟鹽田梓又有什麼關係，我說。

梓是什麼意思？珍妮花說。

故鄉啊。我說，鹽田故鄉。

本來沒有人住的一個荒島，從鹽田搬過來了一家人，不能忘記故鄉啊，就給這個島起了個名字叫做鹽田梓。我說，我也是剛才查橋的時候才知道。

我們為什麼要來香港呢？珍妮花說，又不是我們的故鄉。

我說你突然問我這個問題，我也不知道說什麼好了。

又去看了一眼趴在船頭拍來拍去的墨鏡女人，竟然生出了十二分的不忍心。

船靠了西貢，墨鏡女人和古池包包第一個跳上了岸。

也不知道哪裏來的勇氣，我快步追上了她們。

大姐大姐，我說。我也不知道我是從哪裏找來的詞，至於勇氣，肯定是梁靜茹給的。

大姐戴墨鏡的臉回轉來，仍然怒氣衝衝。

我先向您道歉。我用上了我全部的誠懇，說，我希望您好不容易出來玩一趟，要開開心心的……

大姐誇張地捂住了耳朵，不聽不聽不聽！

您先聽我向您解釋一下。我說，請您不要責怪我的朋友佔位。

我，不，聽！大姐全身都扭起來。

其實我們等船的時候是排頭的。我想我用上了我前半生所有的耐心，說，我有點不舒服就又排到了最後面，但是我們是想要坐在一起的……

所以嘛。大姐又叫起來，所以你們兩個都不要臉！

我閉了嘴。

說什麼都沒用了！大姐一邊扭一邊喊，我就是要放到網上！就這麼定了！你們等著吧！

我回頭看了一眼珍妮花，珍妮花站在海洋生物攤前，沒有什麼表情地看著我，還有那個正在扭的大姐。

您開心就好，我最後說了一句。

你們都是科大的吧？大姐突然又來了一句。

我都被她嚇著了。

我就知道！大姐意氣風發地整了整墨鏡，用最大的聲音喊道，我樓上樓下住的都是科大的人！我要把我拍到的你們放到我的朋友圈！我的朋友圈全是科大的！

我想我的嘴一定不由自主地張大了。

我只好再回過頭去看珍妮花。怎麼辦？我說，我竟然會說出怎麼辦這三個字。

珍妮花正在跟古池包包說什麼，我問她怎麼辦的時候她看都不看我一眼。

哈哈哈哈！大姐突然狂笑起來，我這就發朋友圈！你們等著倒楣吧！說完，原地轉了個四百度，走向海鮮街。

我是真的被嚇死了。

珍妮花走了過來。

她說她要發到科大的網。我說，我們是科大的？

珍妮花低頭看了一眼自己的帽衫，說，這上面寫的是HKUST？

你竟然還穿學校的帽衫。我說，我都沒帶到香港來。

也是前些天整理東西，正好理到就穿一穿。珍妮花說，我也沒別的意思，就是我還能穿進十年前衣服的意思。

我反正是穿不下了。我說，我也不會再穿。

剛才我說碧池。珍妮花說，就是你給翻譯了。

有嗎？我說。

你沒看出來她根本就不識英文嗎？

不是來了香港三十多年嗎？

所以不識英文啊，珍妮花說。

那你剛才又跟那個古池講什麼？

我問她為什麼要拍我們？

為什麼？

古池講她讓她拍我們，她就拍我們。

天，我說。

我讓她刪了。珍妮花說，可是她好像也不太懂英文。

為什麼講英文？我說，講廣東話啊。

她的廣東話也不太行。

不是來了三十年嗎？

普通話也不行。珍妮花說，或者她也不想講普通話，反正我跟她說什麼她都一副不知道我說的是什麼的樣子，她還把她那個假包包舉起來擋住她自己的臉。

我也最恨假包包。我說，不過真包包我也恨，都是屍體。

不是這個問題。珍妮花說，問題是你竟然還碰了那個女的。這種時候。

我有嗎？我說，我自己都沒有意識到。

你有。珍妮花說，我看得清清楚楚。

我說哦。因為那個女的的動靜真的太大了，我想讓她鎮靜下來，我就碰了一下她的肩。

我馬上又放下了。我說，穿的化纖，我都被電到了。

而且她更激動了。我補了一句，你說得對，我就不應該碰到她。

你帶消毒液了嗎？珍妮花說，趕緊擦一下手。

那也不至於吧。我說，我只是在想，那一些更早來到香港的人，應該受了很多苦吧。

那就想要在道德上進入到一個更高的階層？珍妮花說。科大就是最高的階層了，對她來講，都到頂了。

還不是她的。珍妮花又説，她以為她進入了。

那麼刪了嗎？我説，那個古池拍我們的視頻，刪了嗎？

管她們的。珍妮花説，就讓她們發她們的朋友圈好了。

我們不是也拍了嗎？我説，我們也發我們的朋友圈。

我們的朋友圈？珍妮花冷笑，説，你要發了，那種人才終於進入了我們的朋友圈。

我説我的頭都要炸了。

這就是你要來的鹽田梓。珍妮花説，要不我們也碰不上那個階層的人。

我説好吧，只有一個方法，我去火星，對我來説最高級的階層，我就再也不用見到任何地球人了。

你去你去。珍妮花説，別忘了給你在火星上的島起個新名字叫地梓。

我説為什麼？

不要忘記來路的意思，你的故鄉就是地球，珍妮花説。她就是這麼説的。

一個後記（至少這個後記是真的。）

從鹽田梓回來以後，我跟珍妮花一直都沒聯繫，各有各忙。

有一天半夜她突然給我打了一個電話。

那誰，離了，她説。

誰？

嫁入豪門的那個嘛。珍妮花說，我也是剛知道。

你要我說點什麼？我說。

你要說點什麼？珍妮花說，別人離婚，你興奮什麼？

我這聲音聽起來興奮？我說，我要聽到前男友離才興奮好不好，或者你前男友離。

他是離了啊。珍妮花鎮定地說，都去年夏天的事了。

我說啊？

啊什麼？珍妮花說，他這是放飛了啊，再找一個再生一個都不是個事，但人家會再找嗎？會再生嗎？不會啊，他還不抓緊時間快樂？

他有什麼好快樂的？我說，離了個婚，一無所有了都。

幾套房子，幾百萬存款，算什麼？珍妮花說，都是可以再來的，老婆總算是換掉了。

照你這麼說，他那個老婆，哦，前妻，也是放飛了？我說。

女的最好不要離婚。珍妮花說，尤其過了四十，年紀那麼大了，還要離，百害無一益。

男的好離女的不好離？我說，大家都四十。

老公就是個門面作用。珍妮花說，要沒了門面，那能好麼？

我突然覺得我什麼都不想說了。

〈鹽田梓〉這個故事就寫到這裏。

布巴甘餐廳

珍妮花約我在太平山頂見。

為什麼是太平山頂，我也不知道。

到了山腳，一個女的指揮我過一條馬路。你得過馬路，她說。她就是這麼說的。

我不相信地看著她。

過馬路不就離山更遠了？我直接地問她。

你必須得過這個馬路，她說。她也沒有別的話好說，好像她就會這麼一句，你得過馬路。我就過馬路了。

有幾個人跟著我。

沿著箭頭往前走，走到一個天橋下面，一張小桌子，桌子上面豎著一個小牌子：如果你的名字裏有A，如果你的名字裏有E，如果你的名字裏有P，如果你的名字裏有K，你就可以免費搭纜車

上山頂。

小桌子後面站著一個女的。你的名字裏有嗎？她問我。

沒有，我說。我歎了口氣，她也歎了口氣。

真的沒有嗎？她又問。

我把身份證掏出來給她看。

有個E嘛，她說。

是嗎有E嗎？我看了一下身份證，果然有個E。

你可以免費搭纜車了。她說，而且是來回的。

我突然想到珍妮花名字裏面也有E，所以她約我在山頂，原來上山不要錢。

你想上428嗎？桌子後面的女的又問我。

什麼428？我看著她。

原價99現在只要半價。她說，因為你的名字裏有個E。

428有什麼嗎？我問。

你從哪兒得知這個推廣的？她反問。

什麼推廣？我說。

原價99現在只要半價。她說，因為你的名字裏有個E。好像她就會這麼一句，你的名字裏有E。

你的名字裏有**PEAK**。

我就掏錢包了。我只有一張五百塊。她趕緊接過那張五百塊，又拿出一個黑包包，也放在小桌子上，她從那個黑包包裏面找零錢。

找了一會兒，沒有找到。她拿出了一個小錢包，從裏面找到了一些零錢找給我。

如果不是在太平山腳，我就以為這幾個人都是騙子了。就好像我十年前參加過的一個一日遊團，說是要去淺水灣太平山的，旅遊巴士開到一半，導遊說，淺水灣也沒啥好看的，咱們不去了吧，咱們去買東西！買好了東西，導遊說，太平山也沒啥好看的，咱們也不去了吧，咱們再去買東西。車裏的人一通鬧，導遊只好帶著一車人上山，上到一個不知是不是頂的地方，板著臉說，到了，都下去！我說我不下去。導遊說為啥？我說他們一堆抽煙的。導遊說對！煙怎麼可以在車裏抽的？要抽必須下車抽！下車！下車以後，煙霧茫茫，一整座抽煙的山。

但我不是十年前的我了，我感覺到這幾個人不是騙子，那麼他們就真的不是騙子。

拿了票，再往前走了一段，就是纜車。

有兩個女的坐在第一排，過了一會兒，她們移到了第二排，我就坐到那個第一排去了。回頭看了一下車廂，就三個人。那兩個女的，和我。過了一會兒，那兩個女的又移到了第三排。

纜車遲遲不開，我懷疑它是要等到人坐滿。

陽光斜斜地照入車廂，珍妮花為什麼要約我在山頂？

纜車突然就開了。

車旁邊的山路上有幾個人在走，好像就是剛才跟住我過馬路的那幾個。纜車開過他們身邊的時候，他們停了下來，向纜車行注目禮。我想過把頭伸出去車窗喊：你們的名字裏有沒有E？有沒有A？P和K？我沒有動，我只是想想。

我拼了一下珍妮花的名字，她的名字裏面不僅僅有E，而且有兩個，J－e－n－n－i－f－e－r，Jennifer。

纜車穿過了一個很像城門洞的門，很舊很老的一個洞門，有一百年了吧？

我算了一下，我跟珍妮花有十五年了。

十五年前的有一天，我在樓下走，有個女的跟著我，我轉了個彎，她還是跟著我，我就回過頭問她會不會講中文。她說她會。我跟你一樣都是中國人，她說。她就是這麼說的。

我叫珍妮花，她還伸出了她的手。很高興認識你，她說。

我說我也很高興。

實際上珍妮花不是跟著我，她住的樓就在我住的樓的隔壁，那一天，那一個時間，那一條路，我們倆只是正好走到了一起，就這麼認識了。

現在想起來，珍妮花那天穿的那件衣服我都記得特別清楚，一件高領的薄毛衣，一條牛仔褲，肯定都是零號的。

我穿的什麼，我可是一丁點也想不起來了。

第二天中午我們倆又在新港購物中心的The Body Shop大門口碰上了，珍妮花穿著一雙有跟的鞋，一件百分之一百喀什米爾的開襟衫。我問她買什麼？她說她就是逛逛。我說我要是不買什麼是不會上購物中心的。她就說她要買洗髮水，我們就一起進了The Body Shop，珍妮花買了一瓶洗髮水。買好了洗髮水，她問我，你買什麼？

我不買什麼。我說，我不喜歡買東西。

那我們去吃點甜的吧，珍妮花說。

我說我也不喜歡吃甜的。

珍妮花說那我就自己去吃甜的了。然後她看了一眼手錶。我可得趕快了，她說。

為什麼？

快趕不上我睡午覺的時間了，她說。

那就別吃了，我說。

她說吃還是要吃的，吃快一點就能趕上。

我說我從來不睡午覺，睡午覺太浪費時間了。

珍妮花瞪大了眼睛，不睡午覺，那你幹什麼呢？

我說我也不幹什麼。

那你不是在浪費時間？她說。

我說那好吧我們一起去吃甜的吧。

河旁邊的一間日本店，特別輕的兩片蛋糕。

不甜的，相信我。珍妮花說，不是超市的那種蛋糕，甜到咽不下去的那種甜。

對。我說，還按磅賣，一買就得買三磅。

超市的蛋糕我從來不買。珍妮花說，看上去就便宜。

起司蛋糕還行。我說，就是太多，吃到第二個星期只能全扔了。

珍妮花笑了一笑。

我嚐了一口不甜的蛋糕，不甜到都不像蛋糕了。

吃完蛋糕，珍妮花去睡午覺了。

第二個星期她約我去霍博肯吃霜淇淋。

我說我根本就不吃霜淇淋。

那就吃甜甜圈。她說，我吃霜淇淋你吃甜甜圈。

我只好說好吧。實際上我也不吃甜甜圈。

霍博肯對於我來說就是一條街，街上有一些店。除了這條街我完全想不出來霍博肯還有點什麼。我幾乎不去霍博肯。

所以站在那間甜甜圈加霜淇淋店門口，我想的就是，這可不是一點甜的，這是甜的加甜的，很多甜的。

珍妮花要了一勺霜淇淋，我要了一個甜甜圈。

再下一個星期，我們一起去了城裏。克里斯多夫街的地下月台特別悶，火車還遲遲不來。珍妮花站在我的旁邊，望著她的側面，我突然覺得，我一句話都不想說了。

我就記得這些了。

可能還有再下一個星期，我們又去了城裏，不過是搭船，橫穿哈德遜河的時候我丟了一隻相機。

可能還有更多的，我一時也想不起來了。

然後我們就都到了香港。我住在沙田，珍妮花住在灣仔。如果我們要見面，沙田到灣仔的地鐵，轉乘3次，需時33分鐘，灣仔到沙田的地鐵，轉乘3次，需時33分鐘。可是我們不大見面。也許在第一個月我們見了兩次，接下來的十年，我們都沒再見。

有一天我去馬鞍山廣場，看到一座旋轉木馬，就給珍妮花打了一個電話，我問她要不要來馬鞍山？有一座旋轉木馬。

她說她不來。她也不喜歡旋轉木馬。

後來我也接到過她的電話，問我要不要去一個聚會，全是新港海歸到香港的那幫人。

我說我不去。

在尖沙咀。她說，你不用過海。

我說我不喜歡見人，不管過不過海。

是因為你一事無成嗎？她說。你不想見到以前的人。

實際上她並沒有這麼說，這一句是我對我自己說的，因為我一事無成，所以不想見人。

接下來的十年我都一事無成。

珍妮花在灣仔做什麼？我不知道。有一點是肯定的，她比我忙。

有一次她約我在香港公園見。我不喜歡香港公園，有一次我的工程師男友的校友會聚會在香港公園，香港公園旁邊的那一間酒店的那一層。

你想不想去？工程師是這麼問我的。

我不想去，我說。

那我邀請別人去了，他說。

為什麼？

有個人想去啊。他說，她可以作為我的客人跟著我去。

她為什麼要去？

可以見見人吧，工程師說。

人有什麼好見的，我說。

過了一會兒，我說，我也要去。

你想去就去好了。工程師說，反正我有兩個客人名額。

我在香港公園旁邊的那一個酒店的大堂見到了工程師的另外一個客人，一個精心準備的小黑裙。

上到那一層，密密麻麻的人，我馬上就恐慌了。

工程師馬上找到了人寒暄，小黑裙也馬上不見了，我端了一杯喝的，但是一口沒喝，恐慌，恐慌死了。

可以走了嗎？我問工程師。

這才剛剛到，工程師說。

那我離開一下，我說。

去吧，工程師說。

我下到酒店的大堂，香港公園的對面，下扶手電梯，下到一個商場，再下電梯，下到最底，一群化妝品店，我買了一隻胭紅，為什麼是胭紅不是口紅，也不是眼影，我也不知道為什麼。

買好了以後，我問她們我能不能在她們的高腳椅上坐一下。

坐吧坐吧，她們寬容地說。我就在一張高腳椅上坐了一個鐘頭。

工程師打電話給我的時候有個女的正在問我是從哪裏來的。

我趕緊一邊接電話一邊離開了高腳椅，要不是這個電話，這個問題真的好難答，我是從哪裏來的？

上電梯到商場，再上電梯到香港公園對面，酒店，再上電梯，上到那一層，工程師站在電梯口。

可以走了嗎？我說。

走，他說。

小黑裙呢？我說，不等她了嗎？

為什麼要等她？工程師說。

你的客人啊，我說。

有一種客人只需要帶著來。工程師說，不需要帶著走。

實際上我和工程師都找不到小黑裙了。我們就走了。

那是我第一次去香港公園，算是吧。

後來我又去過一次香港公園，有個人約我在那裏。那天天熱到快要融化，我還穿了一件小黑裙。

香港公園門口見了面，他說，我們就在香港公園吃飯吧。

香港公園有飯吃的嗎？我問。

有一間露天的泰國館子，他說。

我不好意思說不。於是那一餐飯，我的汗滴一直沿著我的額頭往下掉，一顆，一顆，一顆。他還為我要了辣炒雜菜，我從沒有吃過那麼辣的菜。

一邊吃著飯，我說，你看我有一條迪士尼的項鏈，我在迪士尼樂園買的。

我也不知道我為什麼要說這種話，我都 33 歲了，他還比我大七歲。我說我有一條迪士尼樂園的項鏈。

吃完飯，我們一起過了馬路，下電梯，就是我第一次來香港公園的那條扶手電梯。他站在我下面那層，我和他就一樣高了，電梯非常長又非常慢，上次我也沒有覺得有那麼長。你喜歡男的還是女的？我問他。我不喜歡男的，他答。我也不知道我為什麼要說這種話。盡顯尷尬。

下到商場，他停在一間攝影器材店的櫥窗外面。

下午不用上班？我問他。

要上，他說。

我就看看，他又說。

那我先走了，我說。

再見，他說。

再見，我說。我們握了一下手。他的手完全沒有溫度。

這個事情，我沒跟工程師說，但是跟珍妮花說了。

所以珍妮花跟我在香港公園見面第一句話就是，你跟他有點什麼嗎？

我說我有工程師了。

珍妮花笑了一笑。

我倆站在一潭魚池旁邊，香港公園一堆假石頭，假瀑布，魚池後面的泰國館子也像是假的，但是魚是真的。

但是他帥得要死。珍妮花說，不有點什麼嘛。

我給你他的電話號碼。我說，你們可以有點什麼。

珍妮花說不要。

這些魚太可憐了。我說，這麼小的池子。

還有更小的池子。珍妮花說，所以也談不上多可憐。

說得也是，我說。

後來在一個很像大籠子的百鳥園，珍妮花指給我看一隻籠子外面的鳥，那隻鳥整個趴在大籠子的上面。

你看你看牠多想進來啊，裏面有這麼多吃的，珍妮花說。

百鳥園裏吊了好多盤子，每個盤子裏都有半隻柳丁，半個蘋果，半條香蕉，還有火龍果，紅色的那種，都是切好的。

也不用切好吧。我說，鳥自己會開水果的。

牠可想進來了，珍妮花又說。她還在仰著頭看那隻鳥。

牠不想進來，我說。

你怎麼知道牠不想進來。珍妮花說，你又不是牠。

說得也是，我說。

快下到百鳥園的出口，我倆同時看到了一群火烈鳥，就跟九龍公園似的。

竟然把火烈鳥擱在籠子外面。珍妮花説，也不怕牠們飛走了。

太紅了。我説，我不喜歡這麼紅的紅。

對。珍妮花説，要像九龍公園的火烈鳥的那種粉紅才好看。

可能是品種不一樣，我説。我一邊説一邊想什麼品種的火烈鳥是這麼紅的呢？我從來沒有見過這種深的紅。

可能是假的，珍妮花説。

然後我們一起掀開了百鳥園的塑膠鏈簾子，來到了外面。果然是假的，那些假火烈鳥一動不動。真是假的，我説。

他們為什麼要在真的鳥園外面放這些假火烈鳥？珍妮花問我。

我怎麼知道，我説。

纜車停了下來。

播報裏説這是一個站，可是沒有人上也沒有下，纜車又往前開去。那兩個女的坐到了最後一排。

第二次見面是在沙田新城市廣場。

因為我去過了港島，她得來一次新界。我就是這麼想的。

可是我們一起在新城市廣場幹了些什麼呢？我有點想不起來了。

我倒是清楚地記得十五年前的事情。有的女的跟著我，我轉了個彎她也轉，我們就這麼認識了。

這個女的穿零號，喜歡吃甜的。她叫珍妮花。

見過這兩次以後，我們再沒有見面。

然後就是十年以後了。

我們也許通過一些電話，不過每次電話的內容都差不多，比如這種：

我們得見一下。珍妮花說，好久不見了。

有一二三四五六七八九十年了吧？我說。

十一年了，珍妮花說。

得見，我說。

在哪兒見呢？珍妮花說。

旺角，我說。

為什麼旺角？

你住灣仔，我住沙田，我說。

對。珍妮花說，你住沙田，我住灣仔。

我們倆的中間是哪兒？我說。

九龍公園？珍妮花說。

搭地鐵，我說。

我好像聽到珍妮花數手指的聲音。

灣仔，金鐘，尖沙咀，佐敦，油麻地，旺角，珍妮花說。

沙田，大圍，九龍塘，石硤尾，太子，旺角，我說。
哦。珍妮花說，旺角。
旺角。我重複了一遍。
可是我不想去旺角，珍妮花說。
我也不想再去港島了，我說。
要不是你在沙田，我連新界都不去，珍妮花說。
上次來沙田不好嗎？我說，我有帶你看史努比。
我記得史努比。珍妮花說，可是除了史努比還有什麼？
文化博物館？我說。
除了史努比和文化博物館還有什麼？珍妮花說，而且你也沒有帶我去文化博物館。
我想了一下，什麼都沒想出來。
所以我不會再去沙田了，珍妮花說。
我也不會再去港島了，我說。
你上次來港島不好嗎？珍妮花說，我還帶你去香港公園了。
我沒帶你去沙田公園嗎？我說。
沒。珍妮花說，你就把我帶到一個商場，跟我講這個商場的露天天台有史努比，然後你領著我到了一個兒童樂園，我們一起坐了一條史努比船。
為了坐到那條船我還買了一包我根本就不需要的麵包。我說，有收據才能坐船。

曬死了。珍妮花説，坐在那條船上我都曬死了。
你有傘。我説，因為你在船上撐傘我們還被管船的人説了一通。
有嗎？
肯定有。我説，你一邊撐著傘一邊對我説，你連防曬霜都不塗你對你自己也太狠了吧。
我有嗎？
你有。我説，你也沒把傘挪過來一點。
你連防曬霜都不塗你對你自己是太狠了，珍妮花説。
我連眼霜都不塗。我説，還防曬霜。
天啊！珍妮花説。
十年了。我説。
十一年。珍妮花説，咱倆得見一面。
你還來沙田嗎？我説。
我實在是不想再去新界了，珍妮花説。
我也實在是不想再去港島了，我説。
最好是在中間見。珍妮花説。
那就是旺角。我説，我們倆的正中間是旺角。
可是我不想去旺角，珍妮花説。
這十年間，我跟珍妮花就通了這麼十個電話，內容都差不多。

纜車又停了下來。可能是又到一個站，我想像了一下一百年前，那時候的人是怎麼過來的。

那兩個女的開始各種拍照，但是一點聲音都沒有，要不是回頭看一眼，都不知道她們在拍照。對話都沒有。你拍我，我拍你。

纜車越來越斜，簡直斜到垂直。從第一排的角度看最後一排，那種感受非常奇特。最後一排還在拍照，沉默地，互相拍照。

車停下來了。我按照箭頭指示進入了一個小商品市場。琳琅滿目的旅遊商品，可是沒有人買，也看不到人賣，一個人都沒有。我穿過了那些店鋪，來到一個建築物的中層。往上有電梯，往下也有電梯，那些電梯都很舊。我選擇了往上的電梯，上了一層，有一些店，店都關著，我又上了一層，又有一些店，店都關著，我又又上了一層，每一層都一樣，每一層的店都關著，整個建築物裏面，除了遊客中心，一個人都沒有，我也不確定遊客中心有沒有人，上來的時候我根本就沒有看它一眼。

然後我看到了一個開著的店，糖果店，一個女的像一個蠟像一樣站在收銀台後面，一動不動。我在糖果店轉了一圈，又一圈，買了一塊糖。

六十塊，那個女的說。

八達通？我問。

現金。她說，一百元以上才能用八達通。

好吧，我說。

要收據嗎？她問。

要，我說。其實我也不知道我為什麼要收據，我也不知道我為什麼要買這塊糖，我又不吃甜的。這可能是我來到香港後唯一一次買糖，這塊糖也可能是這間糖果店這一天裏唯一的一個銷售。

然後我就看到了一間布巴甘餐廳。香港，太平山頂，為什麼會有一間布巴甘餐廳呢？我從沒有在聖塔莫妮卡之外的地方見到過它，新港都沒有。新港沒有布巴甘，新港也沒有起司蛋糕工廠，我倒是在澳門見過一間起司蛋糕工廠，我好像在那間起司蛋糕工廠問過一個店員看沒看過《生活大爆炸》，他說他完全不知道我在說什麼。我也在那間熱帶雨林問過一個店員都打雷了是不是得真的下點雨？她冷漠地說全是人工的。布巴甘或者起司蛋糕工廠，或者熱帶雨林，這些店都把我搞亂了。

布巴甘關著。

我又上了一層。上到一半，一個人守在電梯口，我懷疑他是要檢票，就把纜車票拿了出來。果然是檢票。檢了票，我上了那半層，就到了山頂。

一出玻璃門，一個女的在拍照，各種姿態，我是過去還是過不去呢？我站到一邊，等她拍。為她拍照的是個工人姐姐。再來一張！再來一張！女的吩咐。工人姐姐拍了一張又一張。再來再來！女的又喊。工人姐姐繼續拍，一百張了都有。

我環顧了一下四圍，除了這兩個女的，還有兩個女的，也是工人姐姐的樣子，站得很遠。

下一點！再下一點！女的喊，風太大，她的聲音在風中飄搖。工人姐姐蹲了下來，連拍十張。

我一咬牙，從她倆的中間竄了過去。那個女的用力瞪我一眼。我沒回頭。

就是一個，大平台，什麼都沒有的大平台。

靠住平台的欄杆往遠方張望，很多高樓，很多高山，高山夾著高樓，高樓夾著高山，我順時針地走了一圈，又逆時針地走了一圈，然後給珍妮花打了個電話。她沒接。

太平山頂見。她發短信給我的時候就是這麼說的。

現在我不就在太平山頂？她人呢？難道有兩個太平山頂？無數個太平山頂？遊客的太平山頂，居民的太平山頂？窮人的太平山頂？富人的太平山頂？不同人有不同的太平山頂？我想得真的有點多了。

拍照的女的突然不見了，為她拍照的工人姐姐還在，和另外兩個工人姐姐一起，擠在一個角落，嘻嘻哈哈；絕對不打擾別人的那種嘻嘻哈哈，原來是三位工人姐姐的一日假期。不知她們的名字裏有沒有 **PEAK**。

我又給珍妮花打了一個電話，大風灌進了嘴。珍妮花還是沒接。

下電梯的時候珍妮花的電話來了。抱歉抱歉，她在電話裏說，我這就上來了。

你的名字裏……我話沒說完，她那邊掛了。

我又轉了一圈糖果店，那個女的還直直地站在收銀台後面，眼珠都沒有動一下。

布巴甘仍然關著。

我又下了一層，一個披薩店，也關著。旁邊站著一個男的。來啊，來啊。他衝我說，不要錢。

我看著他。

不要錢，他又說。

披薩店開嗎？我問他。

會開的吧？他反問我。

我推了推披薩店的大門，鎖得很緊。

進來打卡拍照啊。他說，不要錢的。

我跟著他進入了一個曲折的走廊，每一個拐角都有一幅畫，很3D，很明顯，讓你拍。可是我不想拍，不要錢也不想拍。我很快地走過了那些拐角和畫，每一個大拐角都有兩個男的等在那裏，手裏都拿著相機。拍照嗎？拍照嗎？他們的內心一定是這樣的。不想拍，不想拍，我的內心是這樣的。

我轉出了走廊，簡直是用跑的。

太渴了，我得買瓶水。我就是這麼想的。可是沒有一間店賣水，而且幾乎所有的店都關著。我左看右看，一個箭頭指向漢堡王。我跟隨箭頭走了個半圓，推門，出到一個露台，一間被圍到紮紮實實的漢堡王，誰都進不去，還豎著一個告示牌：請從另外一個門進入。我轉了幾圈都沒找到那個另外的門。

再下一層電梯，我就回到了我來的地方。遊客中心有沒有人？我肯定看了一眼，但我竟然不記得了。就好像我肯定經過了一間蠟像館，但我也不記得了。漁人碼頭肯定也有一間蠟像館，好萊塢也有？全世界的蠟像館我都不記得了。

走著走著就看到了一間太平洋咖啡，倒是開著，可是我也不喝咖啡。這麼想著，我在咖啡館門口掉了個急轉彎，店員的目光灼熱，目送我的背影好遠。如果有一位客人坐著，如果有一個訂單，他就不會這麼有空了。

我重新經過了遊客中心，再往前走一點就看到了一間糖水店，所有的糖品都放在外面，可是沒有店員。我往櫃枱裏面看了看，真的沒有店員。倒是有一個家庭，一個父親，一個母親，帶著兩個孩子，坐在一個沒有店員的糖水店。我看了看他們的吃的，雞蛋仔配霜淇淋，很難吃的樣子，父親和母親還有孩子，全部板著臉。

然後我就走出了建築物，一個大廣場。我往左邊看去，一棟非常新的建築物，比我剛才轉來轉去的這棟新多了。我往右邊看去，一條斜路，似乎通往一幢白色房子，我在平台上見到過那幢白房子，一定是個有錢人房子，那時我就是這麼想的。就是個有錢人房子，我肯定了我想的。我往中間看去，一節擺在那兒不動的纜車，我就突然想起來了史努比廣場的那個黃色校巴，坐完了史努比船，我和珍妮花上了那個校巴，一人一個座位，我坐前，她坐後。熱死了。她說，我們去吃點甜的。你為什麼這麼喜歡吃甜的，我說。開心啊。她說，本來不開心的，吃了甜的就不那麼不開心了。我們就一起去吃甜的了。太平洋咖啡的露天位，吃的什麼甜的我不記得了，我就記得冷氣十足，凍得我坐立不安，珍妮花倒有一條披巾，還是愛馬仕的，她那把條披巾斜斜披了一半肩，都不像珍妮花了。

再往中間的左邊望去，一間太平山餐廳。再往中間左邊的左邊望去，一間義大利餐廳，義大利餐廳的對面就是那間我推過門的披薩店，原來披薩店也有兩個門。不知道為什麼，只有義大利餐廳給了我很貴的感覺，我就走過去看了看功能表，果然不便宜，每個菜都是新港價格。

新港的那間義大利餐廳，我經常路過，但只去過一次，還是珍妮花帶我去的。

美食節！珍妮花是這麼說的，一年一次的美食節！義大利餐廳今年參加！

孔府參加嗎？我問。

孔府參不參加我不關心。珍妮花說，義大利餐廳我是一直有關注的。

我也不太愛吃義大利飯，我說。

前菜主菜甜品還有一杯酒！珍妮花説，有酒精的那種酒。

我不喝酒。我説，我也不吃甜的。

可是一套才一個主菜平日的價格。珍妮花説，只有在美食節。

多少錢？我問。

二十九塊九毛九加税。她説，才。

一套我也不去，我説。

你一定會後悔的！珍妮花説。

我還是跟著珍妮花去了。果然沒有後悔，把蝦放在薄脆披薩上面的主菜，我真是頭一回吃，之前我吃過的披薩都是比我寫的書還要厚的那種。我也就記得主菜，甜品和酒，我忘了，也許酒是盛在水晶杯裏的？大中午坐在街邊的一全套義大利飯，珍妮花的臉都閃閃發光了。我就記得這個。

我後來梳理了一下我與珍妮花的不同。

珍妮花有鋼琴，我沒有。

珍妮花搽眼霜還吃維生素，我飯前不喝湯飯後還不吃水果。

珍妮花穿0號，我4號？還是14號？

珍妮花睡前一杯紅酒，我牛奶，還得是熱的。

珍妮花還有個零錢包放零錢，我沒有零錢包，我連零錢都沒有。太多了。

還有甜的。那次去完香港公園，我們過了馬路，下扶手電梯，就是工程師校友會我下的那條電梯，也是我問一個男的喜歡男的還是女的的那條電梯。我們去吃東西。珍妮花在那條扶手電梯上說，樓下好多館子。

樓下不是好多化妝品店嗎？我想說。我沒說出來，我不確定樓下有什麼。

樓下果然好多館子，沒有化妝品店，一間都沒有，我開始懷疑我的記憶，哪裏出錯了，腮紅和高腳椅，畢竟那個腮紅我從來沒有用過，也再沒有見到過。

珍妮花請我吃 OOO 漢堡，一口就飽的那種大漢堡。

吃到一半，我說我實在吃不下了。

這可是全香港最好的漢堡。珍妮花說，七十塊錢一個。

我把那個漢堡吃下去了。

現在我們去吃甜的吧，她說。

你還吃得動？我說。

吃不動。珍妮花說，但我就想吃甜的，霜淇淋好了，我請你。

我就跟著她去了霜淇淋店。

香草，我對店員說。

你總是要香草。珍妮花說，你也嚐嚐別的口味嘛。

就香草好了，我說。

這可是手炒義大利霜淇淋，珍妮花說。

香草的手炒義大利霜淇淋，我對店員說。

你要嘗試不同的滋味。珍妮花說，你試過了一千種滋味你還是要香草，那樣的香草才是值得的。那球不是香草的霜淇淋好不好吃？我有沒有全部吃下去？我不記得了，我能夠記得的就是珍妮花要的是巧克力，霍博肯那次也是巧克力，於是我突然想起來那間霜淇淋甜甜圈店，叫做巴斯金羅賓斯與唐納滋。

珍妮花的電話來了。我們去吃點什麼？她說。

吃披薩嗎？我說。

不要，她說。

義大利面？

我就不想吃義大利館子，她說。

漢堡王？我說。

山頂只有麥當勞，沒有漢堡王。她說，我記得很清楚。

你記錯了。我說，只有漢堡王，沒有麥當勞。

只有麥當勞，她堅定地說。

只有漢堡王，我堅定地說。

你等我上來。她說，我指給你看。

我一直在等你上來。我說，你快到了吧？

還在等車，她說。

回到建築物，我想我必須得找到那間漢堡王，然後我就看到了漢堡王的指示牌，一圈旋轉樓梯，上一層，直接到達了漢堡王的另一個門。

我買了一杯汽水，坐到最靠裏的位置，拍了一張清晰的漢堡王傳給珍妮花。正在拍，來了兩個人，坐到我旁邊的座位，漢堡薯條洋蔥圈，應有盡有，確實有人上山頂吃漢堡王。

全世界的漢堡王，我最記得新港的那間，有一天下大雪，突如其來的大雪，冰箱裏連半顆白菜都沒有，我就上新港購物中心了。所有的店都關著，連最底層的麥當勞都關了，走到第三層，電影院旁邊，漢堡王還開著。黑暗中微亮的漢堡王，排隊的人排到了第二層，好像全新港的人都冒著大雪來買漢堡王了。

排了一個鐘頭，放棄了。

過天橋回家的時候發現一個輕食店還開著，排隊的人沒有漢堡王多，我就排那條隊了。

食物中毒一個星期以後，我和珍妮花一起去購物中心，我指給珍妮花看那間輕食店，我說就是這家！

那你要投訴他們嗎？珍妮花說。

怎麼投訴？我說。

不知道啊。珍妮花說，你過去問一問？

太麻煩了，我說。

我們就一起路過了那個店，我都不敢再看它一眼。

如果是漢堡王，如果排下去，再排下去，我排到了漢堡王，就不會食物中毒了。我放棄了漢堡王，我食物中毒了，簡直是命運的安排。

我到布巴甘了。珍妮花電話我，你也上來吧。

為什麼布巴甘？布巴甘開了嗎？我想問，但我沒有，我馬上放棄了漢堡王的汽水，上樓。

布巴甘果然開了，開了的布巴甘如同那一整層的火花，都閃閃發光了。

「old age is not for sissies」

一落座，我先看到的是珍妮花後背牆上貼的這句，然後才是珍妮花。

十年，她一點沒變，準確地說，十五年，從我見到她的第一面，她就沒變過。

怎麼這麼快？我說，剛才還說在等車。

我搭的士上來的，珍妮花說。

我搭纜車上來的，我說。

等下你也可以搭別的下去，有大巴也有小巴。珍妮花說，沿途可以看看風景。

我想說我又不是一個遊客，但我什麼都沒有說。

我還是搭纜車下去。我說，搭纜車不要錢。我就是這麼說的，如果你的名字裏有個E。

珍妮花埋著頭看菜單。

如果你的名字裏有個E，我又說了一遍。

蝦好不好？珍妮花一邊看一邊說，來這兒就得吃蝦嘛。

我不吃蝦，我說。

服務員捧著一隻桶走了過去，走到珍妮花後邊的那桌，把桶傾倒下來，桶裏湧出來了一些蝦，服務員小心地把那隻桶保持了一個倒著的姿勢。

我不吃蝦，我又說了一遍。

珍妮花回頭看了那個傾倒的桶一眼，說，我們可以要那種四個口味的蝦。

我現在不吃蝦了，我說。

再點個牛排，珍妮花說。

我看了看珍妮花翻菜單的手，一顆巨大鑽石在她的手指間閃耀，我可以肯定，那顆大鑽石是到了香港以後才有的。我們都還在新港的時候，她的那顆鑽石絕對沒有這顆大，簡直是三倍大。

我也不吃肉了，我說。

你怎麼了？珍妮花合上了菜單，你以前不是最喜歡吃蝦？

我有嗎？

你跟我說過世界上最好吃的蝦。珍妮花說，有一天你去一個海邊，可能是聖克魯茲吧，你說你忘了哪個海邊，你想著吧都到海邊了，就吃點海鮮吧，旁桌的人都點了蝦，就是這種一桶一桶的蝦，你就點了一桶蝦。

我去了海邊？點了一桶蝦？我說。

太好吃了！你說，好吃到還沒嚐到滋味就吃完了。

我看著珍妮花，現在我有點想起來那桶蝦了。我覺得那桶蝦好吃是因為我沒有再點第二桶，我沒有把這一句說出來。

我胖了吧？我說。

是胖了，珍妮花說。

我4號的時候想買好多好看衣服。我說，可是我那時候不捨得花錢買衣服。

你不喜歡買衣服。珍妮花說，你根本就不喜歡買東西。

現在我14號了。我說，全世界的好看衣服給我我也穿不下了。

哪有14號嘛，最多8號。珍妮花側過頭看了我一眼，說，我也都0號了。

你不一直0號嘛，我說。

我一直0號 Petite 的好不好！珍妮花白了我一眼。

我不吃蝦，我又重複了一遍。

再點個甜的吧，珍妮花說。

「如果客人要香草，就給他香草。」她後背的牆上還有這麼一句，就在「old age is not for sissies」的上面。

服務員又捧著一隻桶走過去，走到珍妮花後邊再後邊的那桌，把桶傾倒下來，那只桶也在桌上保持了一個倒著的姿勢。

請問有沒有兒童餐單？我叫住了正往回走的服務員。

為什麼兒童餐單？服務員看著我。

至少兒童餐會有那些 Grilled 起司什麼的吧？我說，Macaroni 起司也行。

我們有素食餐單。服務員說，我這就給您拿過來。

我就給自己要了一份素漢堡。

漢堡先來了，裝在一個很不平的大圓盤，還有一些薯條，和一條醃黃瓜。

我們分享。我一邊說，一邊切那個漢堡，盤子就在桌子上打起轉來，我切了半天都沒把那個漢堡切成平均的兩半。

我感覺到珍妮花皺著眉頭看著我，我沒抬頭，我繼續切。

蝦也很快來了，四束看不出分別的炸蝦，裝得像一束花那樣地來了。服務員小心地把那束蝦花擺在珍妮花的面前，還有一瓣黃檸檬。

珍妮花皺著眉頭看著那些蝦。

太多了。她說，我肯定吃不完。

我就把打轉的圓盤拉了回來，拿起醃黃瓜。非常淡，非常淡的醃黃瓜，都不像一條真正的醃黃瓜了。

138元再加百分之十服務費，我在心裏面想，這個布巴甘漢堡已經完全超越了那個七十塊錢的OOO漢堡，還是素的。

我把整個素漢堡都吃下去了。

我們忘點酒了！珍妮花驚呼。

我也不喝酒了，我說。

看看風景，喝點酒多好，珍妮花說。

我看了看窗外，山和山，也沒什麼風景。

要不冰沙？我說，看看風景，喝點冰沙。

冰沙盛在兩個閃閃發光的杯子裏來了，真真切切的閃閃發光，紅的藍的綠的，閃到我都不能集中注意力了。

後邊的桌子也要了一杯閃閃發光的冰沙，後邊的後邊也要了一杯。

旁桌來了兩個女的，看起來都有四五十了，她倆沒要發光的冰沙。

這個閃的意義是什麼？我說。

要是晚上就會特別有氣氛。珍妮花說，閃得也會比現在好。

特別是那些來山頂談戀愛的，珍妮花補了一句。

為什麼要來山頂談戀愛？我說。

那去哪兒談？珍妮花反問。

我想了一下，確實沒想到一個地方。

旁桌的菜來了，一份碩大的豬仔骨，兩個女的立即站起來拍照，左拍右拍，近拍遠拍，邊拍邊走，邊走邊拍，走著拍著屁股就抵住了我們的桌子。珍妮花目不斜視地吃了一口蝦，我也假裝毫不在意地吃了一根薯條，實際上我的內心都要爆炸了。

牛排沒下單吧？我問珍妮花。

沒。珍妮花說，但我肯定要要個甜點。

我看了看珍妮花的蝦，幾乎沒有動。

起司蛋糕？我說。

不要。珍妮花說，看起來太重了。

我注意到旁桌的女的把她們的菜斜斜地捧到臉旁拍照，拍好了放放好，再換一個人拍。這都十分鐘了，她們還沒吃一口。

你看那個《四十困惑》沒？我說。

看了幾集，珍妮花說。

我一集沒看。我說，就看了一張劇照，好多愛馬仕。

我就是愛馬仕啊。珍妮花把她的包包晃了一下，又放回座位。

我情不自禁地把我的馬克雅克布往身後移了一移。

愛馬仕好用嗎？我說。

也沒什麼。珍妮花說，我就當買菜包用用的。

我這個包包裝過一個愛馬仕。我說，有一天我去一個會，門口竟然佈置了一道小瀑布，我正要把包包頂在頭上衝過去，一個女的在我前面，進也不是，不進也不是。我就說要不你把你包放我包裏，我包把你包帶進去。我就把她的愛馬仕帶過那道瀑布了，一點沒濕。

珍妮花笑了一聲。

你現在好多富朋友吧，我直接地問。

永遠都有更富的人。她說，有一天我去一個會，會太無聊了，我就跟坐旁邊的一個女的閒聊，春假去哪兒玩呢？那個女的說，也沒什麼地方可去，就維加斯吧。我說維加斯還好，就是要轉機。

那個女的不動聲色地說，也還好，自己家的飛機。
我大笑起來。笑得旁桌的兩個女的也多看了我一眼。
你笑什麼？珍妮花說，她家真的有飛機。
我不笑了。
甜品上桌了。一塊巨大的巧克力餅乾，上面兩堆霜淇淋，還有奶油。
這不更重嗎？我說，這塊餅乾都有你的臉大了。
只吃霜淇淋好了。珍妮花說，下面的餅乾不要吃了。
服務員把幾乎沒動的蝦和完全沒動的餅乾收走以後問我，杯子你還要不要？
我說不要。
可以把燈關掉的。服務員說，我幫您洗洗？
我想了一下，說，不要。
服務員離開以後我把手伸到杯子下面去找開關，終於把那些光關掉了。
有一次我去聖克魯茲海灘旁邊的那間布巴甘。我說，不是飯點，沒什麼人，我排在第一位，服務員當然也看到了，因為只有我，而且我排第一位，然後來了幾個當地人，就這麼插到了我的前面，服務員也若無其事地先把他們領進去了。
後來呢？珍妮花問。
我又等了一陣，一個服務員才來領我。我說，下午三點半，窗邊都空著，一個客人都沒有，但是她指示我坐到一個昏暗無比的中間位，為什麼昏暗無比？我頭頂上的燈壞了。

她故意的，珍妮花說。
她故意的。我說，我就站起來走了。
你為什麼不爭一下？珍妮花說。
我爭了。我很得體地問了，不好意思請問可不可以換到窗邊？
她拒絕了。
我就站起來走了。
我想的是，我再也不去布巴甘了。
一個旅遊景點的飯館。珍妮花說，你還有什麼指望。
所以我本來對這家也沒什麼指望。我說，但他們剛才說給你洗杯子。
因為我們講英語吧。珍妮花說，你去試試講普通話。
還記得那間讓我食物中毒的店嗎？我說。
珍妮花點頭，說，差一點送你去急診室，因為你怕煩也就算了。
因為在新港。我說，也怕煩。
要在香港你就不怕煩？珍妮花說。
也怕。我說，不是自己的地方，哪兒都煩。
我也沒有自己的地方。我補了一句，總有一種寄居地球感。
我的名字裏沒有E。珍妮花說，珍妮花只是我的英文名字，我身份證名字裏沒有E。
你身份證上不會是李小花吧？我說。

珍妮花笑了一笑。

那你還有個A呢。我說，兩個A。

下電梯的時候珍妮花說要帶我去找那間麥當勞。

真的有一間麥當勞。她說，我要指給你看。

我有點不想去，但我什麼都沒說。

再下一層的時候我看到了牆面上畫著的428，我就問珍妮花，這兒為什麼到處都寫著428？

我就沒想過這個問題，珍妮花說。

然後珍妮花掏出手機，對住手機用純正的普通話說，太平山，428。

珍妮花的手機告訴她，這兒的海拔428。

我們一起失落地哦了一聲。

○○婚飛

1，阿珍

阿珍出了石門站，燈下無數飛蟻飛舞，密密麻麻。阿珍的頭皮也麻了。以前也見到過，但沒有似現在這般，簡直是一整窩的蟲，全部飛出來跳舞。

阿珍屏住呼吸，從飛蟻中穿過，站到一家日本拉麵店的門口。旁邊是一家清湯腩，阿珍更願意吃牛腩粉，但是女兒是愛吃拉麵的，如果女兒要吃拉麵，那就吃拉麵。這麼想著，看見了女兒，從學校那邊走過來，白色校服裙，不緊不慢穿過了那叢蟲。

那就拉麵吧。女兒不緊不慢說，拉開拉麵店的店，走了進去。

阿珍跟在後面。

湯底，適中。

硬度，適中。

走蔥，走木耳，走油。

阿珍選好了。對於阿珍來講，適中最穩妥，不會出錯。

女兒選的淡口軟麵。麵端上來，仍然嫌湯濃，吃了一口不肯不吃。阿珍吃了自己那碗，再把女兒那碗拉到面前。是濃，麵也偏硬，一口果真飽了。但是一碗麵七十四元，不吃難道剩下嗎。木著臉吃，女兒在對面不高興地說，不好吃，我以後再不要來這裏吃。

阿珍忍住了，埋頭吃麵。

女兒還有三個月就要離開香港，升學英國。與女兒相處的時間，一天比一天少。

2，吃飯

你女兒去了英國，你老公就要把房子退掉，搬到學校的單身宿舍去？阿 May 眼睛瞪得好大。

是呢。阿珍面色冷淡，說，不就是這樣。

你呢？

他叫我回大陸去，阿珍說。

為什麼啊？莉莉說。

省錢。阿珍說，住在這兒一個月三萬，住到宿舍才幾千。

都已經住了七八年，怎麼還回得去？莉莉說。

是啊。阿 May 說，這些年的朋友也都在香港。

你老公是不是要看心理醫生啊？莉莉突然說。

阿珍大笑起來。其實也不知道自己怎麼還笑得出來的。別人都當是開玩笑，落到自己這個當事人。不笑，難道哭嗎。

吃菜吃菜。阿珍說，聚一次少一次。

我可一口都吃不下去，阿 May 說。

你還這麼跑出來吃飯你老公知道嗎？莉莉盯著問，他不是一直管得很嚴嗎？還給你錢讓你出來吃飯？

莉莉很多時候很討人厭就是這個原因，從來都不說恰當的話，記性還很好，什麼都記得。

是啊，還剪過你的信用卡不是？阿 May 附和。阿 May 的記性一直不是很好，但是剪信用卡這種事倒替阿珍記了七年，有時候阿珍自己都忘了。

阿珍選擇沒聽見。

吃菜吃菜，阿珍說。

3，阿 May

這是我最後的底線！阿 May 老公吼，要是再抓不好孩子的學習，你就滾！

阿 May 說我怎麼不抓孩子學習了，我從懷孕就辭了工，一心一意照顧家裏。

照顧個屁！成績差成這樣，這是犯罪！老公大吼，孩子的一生都毀在你手裏！

阿 May 的眼淚滾下來。
女兒的眼淚也滾下來。女兒說，我也要去英國升學。
不許！更怒氣地吼，去英國幹嘛？就在香港！
女兒的眼淚流得悄無聲息，跟阿 May 一模一樣。
要是兒子也這麼不成器，你就去死！老公吼完，去上班了。
兒子的成績還好，今次小測。阿 May 不知道下一次會怎麼樣，每天都走在刀尖上。

4，莉莉

莉莉老公沒有剪過莉莉信用卡，也沒有要求莉莉去工作。
但是莉莉不開心。
莉莉說是不是上天給了你一個那樣的父親，就給一個好老公來補償一下？
這個可以補的嗎？阿 May 說。我找了那樣的老公，是因為我父親太好了？
其實你爸也沒怎麼嘛。阿珍說，而且要一起過日子的是老公，又不是父母。
不開心啊。莉莉說，我怎麼想都想不明白，哪有父母會一天到晚防備自己的子女的？
其實挺多的。阿珍說，那一代人都沒有安全感，錢是用來防身的。
我們這一代人的老公倒是會一天到晚防備自己的老婆的，阿 May 突然說。
莉莉笑。阿珍笑不出來。

5，阿珍的工作

阿珍找了一份散工，當然是沒讓老公知道。

老公上班女兒上學以後，阿珍去上工。

說來也是簡單，阿珍原是客人，吃著吃著，突然就去問，你們招人嗎？招啊，店裏的人說。阿珍就成了員工。

一間雲貴米線店，除了老闆，全是講普通話的新移民。其實老闆也是新移民，早來了二十年，廣東話說得一點鄉音都沒有。老闆奮鬥成為了老闆。

每天中午十二點到下午五點，店裏最忙的時候，阿珍就是這個時段的散工。企台打雜，樣樣做。放工回家五點半，只要六點半晚飯準時端上桌，女兒和老公都不用知道，阿珍的下午會在哪裏，做了什麼。

6，阿珍和阿May

阿May為什麼會去米線店？阿May自己也不知道。她只是路過，她其實是不吃米線的，也不吃辣。但是阿May路過米線店，阿May也不知道是怎麼回事，就進去了。

下午兩點，算午餐太晚，算下午茶又太早。阿May也不太餓。

魚腐，少米，走韭菜芽菜，熱檸水。阿May望住菜牌，沒抬頭。

什麼湯底？麻辣？酸辣？

阿 May 抬了頭，阿珍正衝她笑。

你怎麼在這裏？阿 May 驚訝。

打工啊。阿珍聳聳肩。這間離家近，方便。

老公女兒知道嗎？阿 May 説。

不知道。阿珍坦然，也沒必要讓他們知道。

對對對。阿 May 點頭，莉莉知道嗎？

跟她提過。阿珍説，還叫她有空過來幫襯。

也正想跟你説。阿珍補充了一句。

阿 May 連連點點。

知道你不吃辣，我跟廚房講給你走辣。阿珍低聲説。

小小辣也可以的，阿 May 説。

沒事，我跟廚房講。阿珍説，沒事的。

阿 May 望住阿珍的背，五味雜陳。

檸水很快端來，阿珍端來的。阿 May 不自在，又不能站起來，只好兩手接過。

米線也很快端來，也是阿珍。另外兩個服務員，遠遠站著。

就三個人？阿 May 問。

白班。阿珍答，晚班會多一個人。

哦，阿May說。

你吃你吃，我去後面幫忙，阿珍說。

還要去後面？

洗碗。阿珍說，我新來的，做多點好。

阿May這碗米線吃得橫豎不自在，阿May不確定莉莉會不會真的來。

檸水喝了一口，阿珍來了。

沒事沒事。阿珍說，沒其他客人，可以聊會兒。

還好吧？阿May說。看了看那兩個服務員，她們還是遠遠站著，不說什麼，臉上也沒有表情。

同事和老闆都待我很好。阿珍說，跟同事閒聊說到一些狀況，同事馬上去跟老闆求情，老闆馬上加了人工。

那太好了，阿May說。話是這麼說，總覺得哪裏都不對。

老闆也跟我講，要沒地方住，可以住公司宿舍的。

你不會真去住吧？阿May說。

我去看過，還不錯，阿珍說。

阿May說不出來話。

就在店後邊的村裏，村屋。阿珍說，同事們都住一起也挺好，互相照應。

阿May埋頭喝檸水，太酸了，阿珍肯定放多了檸檬，都快要酸出眼淚了。

7，莉莉的父親

莉莉見過阿珍的老公也見過阿May的老公，兩位專業人士，看起來非常正常，看起來。

如果不是親見阿May被老公訓斥，一起爬了一次山，阿May至少被斥責了一百遍。阿May的兩個孩子當是慣常了的，臉上的表情都沒起變化。

再接到阿珍的電話說她在米線店做了，叫她有空多多幫襯。阿珍的聲音聽來高高興興，莉莉高興不起來。按說師奶還找得到工作該是祝賀，這個米線店的服務員，莉莉祝賀不起來。

阿珍的老公是博士，阿珍也是博士，又不是二十年前了，大陸的學位不被承認，阿珍要找個像樣一點的工作不是完全沒可能。但是阿珍找了一個零工，還是米線店的，就算是711的收銀員都沒有這麼難聽吧？當然莉莉不是要用學位來分類工作，賣保險賣得最好的也不是學位最高的那一個，但是阿珍就算是去賣保險，莉莉都會覺得一切沒有那麼糟。阿珍去做了一個米線店的服務員，沒有比這更糟糕的事情了。

莉莉想不通。

莉莉有一陣子天天想不通，父親把錢都藏起來的那個時候。

莉莉想不通，就去問阿珍和阿May。如果你結婚搬來香港住前賣掉了大陸的房子，你把賣房子的錢交給父母，請他們保管，等孩子上大學的時候再拿出來，這樣做，做得對不對。

你家有幾個孩子？阿May問。

就我一個，莉莉答。

那就沒問題了。阿May說，完全沒有問題。

多少錢？阿珍問。

也沒多少錢。莉莉說，那時候房子不值錢。

要晚一點賣就好了，阿珍說。

那時候也急等現金，香港這邊的房子交首期，莉莉說。

也沒用到那筆錢啊。阿May說，聽你說過，首期你老公出的。

莉莉點頭，其實結婚的時候我是這麼想的，一人一半，兩公婆共同負擔。

你老公付了首付，房產證還是寫了兩個人的名字，阿May說。

莉莉不知道說什麼好。莉莉知道阿May的老公堅決不肯在房產證上加上阿May的名字。

我掙的錢就是我掙的。阿May的老公說，你說憑什麼要寫老婆的名字。

你們都來評評理。阿May的老公說，這世道真的都沒公理了。

阿May又不上班，又不掙錢，吃的花的全是我的錢。阿May的老公又說，這些年我都沒有問她要過房租，算是情至義盡了吧，怎麼還有臉提出在我的房產證上加名字？

莉莉趕緊往前追了幾步，趕上了最前面的阿珍，這種話，莉莉回應不了，也不想回應。

阿May在最後面，背著最大桶的水，快也快不起來。阿May老公講出來的話，阿May還是不要聽見好，就算是聽見了，對於阿May來講也像是沒聽見。什麼都沒有發生，阿May的臉色都不會變，孩子也一樣，都像是聽得熟了，習慣了。

父親把賣房子的錢又買了一套房子，這個事情莉莉是不知道的，新房的產權人寫的父親的名字。

莉莉知道的時候父親已經把新房子又賣了。應該是賺了一點錢。賺了多少？莉莉不知道。

莉莉婉轉地問父母要錢，阿珍女兒已辦好了手續，要去英國，自己孩子也要開始準備了。

父親說，就算給也只給當年的那個數字，後面又買房又賣房掙的錢不算是你的，是我自己掙的。

莉莉這才知道後面還有新的買房和新的賣房，這後面的事，莉莉覺得確實跟自己也沒什麼關係。是的是你的。莉莉說，你掙的，我們不要，我們只要當年賣房的那筆錢。

那筆錢父親也沒有拿出來。隔了好多天，父親再也不提了，當是全然忘記了。

莉莉不好意思再去提。那套大陸的房，莉莉上班以後買的，莉莉曾經是個工作狂，天天加班，省吃儉用日日夜夜工作的十年，買下的那套房。

莉莉想不通，去跟老公講。

老公說算啦算啦，別想了再想要把自己想神經的，也別跟孩子講，影響孩子跟外公外婆的關係。升學的錢，總有辦法的，老公說。

莉莉只好不想了，但是莉莉不開心。

上天給了一個那樣的父親，只好給一個好老公來補償一下。莉莉想，可是阿 May 和阿珍的老公，真的是因為她們的父親太好了？

一起過日子的是老公，不是父親。阿珍是這麼說的。

所以莉莉覺得自己還是比別人幸運一點的，又不免為阿珍和阿 May 擔憂，一天到晚防備自己老婆的老公，上天的算式，凡人不能夠理解。

8，莉莉的工作

一切都是從一個人牽著兩隻狗進入電梯開始的。

電梯門開，莉莉看到那兩隻狗的同時拿出手機看了一下，七點二十五分。她要搭的是七點三十五分的巴士。她就跨過了那兩隻已經進入電梯間的狗，跨出了電梯。她感覺到所有留在電梯間裏的人都看了她無數眼，也包括那兩隻狗。

電梯門關上，七點二十七分。

電梯落到底樓又升到頂樓又落緩緩落下，來到了這一層，門開了，仍然是一電梯間的不高興的上班臉。七點三十分。

莉莉用餘光掃了一遍這層住戶的三個門墊，其中一個門墊上印著一隻狗的臉。莉莉幾乎可以斷定，就是那家！那家人早高峰時間出來溜狗，對別人有沒有影響她不知道，她只知道對她產生了影響。

電梯落到底樓，莉莉氣鼓鼓走向大門。七點三十三分。

已經沒有巴士可搭了。一天兩班特快，上一班是七點二十，再錯過這班，就是鐵定的遲到。遲到十分鐘扣二十塊錢，遲到二十分鐘扣五十塊錢。她沒有試過遲到二十分鐘以上，再遲會扣多少，她不知道。

為什麼會遇到今天這種狀況？因為洗衣服。一般情況下，六點起床，六點十分，衣領噴上了預潔劑，再加一個洗衣球，放入洗衣機，棉麻混洗 48 分鐘，重啟，再加一次特快清水機洗 15 分鐘，晾到陽台上。

換好衣服出門，七點二十分。

至於今天為什麼產生了七點二十五分？因為第一次洗完，沒有馬上奔去洗衣機調下面那檔特快洗。為什麼沒有馬上？因為接了一個電話，兒子的電話，說早上出門沒帶錢，讓莉莉回公司後給他打點錢，放了學去櫃機取錢，要跟同學吃晚飯。

莉莉多問了一句，為什麼要跟同學吃晚飯？這麼不安全的晚上。

兒子說他保證他會安全的。

莉莉聲音大起來，你能保證什麼？你還能保證香港的安全？

兒子的聲音比她還大：你根本就不了解香港！

兒子掛了電話。她發了一下呆，就沒趕上洗衣機。沒趕上洗衣服，洗好衣服就遲了五分鐘，已經遲了五分鐘，晾衣服也遲了五分鐘。

莉莉沒有趕上巴士。莉莉辭了工。說起來是因為兩隻早上散步的狗？到底什麼原因？莉莉自己都不清楚。

莉莉老公不要求莉莉工作。壓力太大就不要做了。莉莉老公是這麼說的，有我呢。

阿珍阿May都說還是香港老公好。莉莉笑笑，也不是每個香港老公都好，再好的老公都有外人看不到的問題，人無完人，家家有本難唸的經。

莉莉老公上班下班，回家就打遊戲，別說是輔導一下功課，兒子幾年級了？莉莉老公肯定也是答不出來的。除了打遊戲，莉莉老公什麼都不幹，什麼地方都不去，有時候什麼飯都不吃，就是打遊戲。打遊戲加上打遊戲，如果週末不上班，就打到週一上班。

除了打遊戲，也沒有別的了。如果莉莉父親不拿錢出來，他會講，算了算了。如果莉莉想不通快要想出神經病，他會講，沒事總有辦法的。如果莉莉辭工，他會講，那就別上班了，有我呢。

這樣也夠了。莉莉做了全職主婦，做飯，洗衣服，帶孩子，再也不會為了狗遲到。

人無完人，家家有經。

9，婚飛

螞蟻公主常年呆在地底下，等待「婚飛」那一刻的到來，通常是夏末雨季，牠飛出了地底，與公蟻在空中交配，交配過後，公主脫落翅膀，去尋找一個合適的地方作為地宮，也真正成為一個女王，開始繁衍牠的帝國。

阿珍去網上查了，那次密密麻麻的飛蟻，一整窩的蟲，全部飛出來跳舞。到底是什麼？對於這樣的真相，阿珍簡直倒抽一口冷氣。空中交配，翅膀脫落，回到地底，繁衍後代。

如果有翅膀，能夠飛上天，為什麼還要去交配？阿珍忍不住去想。沒了翅膀，還女王？不就是一個女囚？除了繁衍後代還有什麼用？公主，女王和帝國，這三個詞是這麼用的嗎？

可不就是為了繁衍後代？

可是只為了繁衍後代？

繁衍後代之外呢？

如果不交配，如果保有翅膀，一直飛，一直飛，會飛去哪裏？
想到這裏，阿珍覺得自己不能夠再往下想了。
如果不交配，如果沒有後代，飛來飛去的一隻蟲，有什麼意義？蟲的一生也是很短暫的。
正想著，接到阿May的電話，說是女兒要去美國了，下週就出發。
祝賀祝賀！阿珍說，可是太突然了吧，還以為也要去英國的，竟然去美國？
是啊。阿May說，我也嚇了一跳。
她自己在網上找的學校，自己寄去成績單和推薦信，自己安排電話面試，拿到錄取才跟我講，她想去美國上學。
她爸爸暴跳如雷吧？阿珍說。
跳了。阿May說，但我決定讓她去。
錢呢？阿珍說，怎麼解決學費生活費。
我賣了幾套房。阿May說，我爸給我的，明年我兒子也要用到。
不是夫妻共同財產嗎？
結婚前的，我一個人的名字。阿May說，我還有我爸公司的股份。
結婚的時候有點不開心的。阿May說，但我爸堅持這一點，還作了公證。
阿珍說哦，所以你老公不肯在他的香港房子加你的名字，我懂了。
所以這十七年他也沒給過一分錢的家用，阿May說。
你父親要是知道了就太難過了，阿珍說。

他知道。阿May說，但他講這是我自己選的。

自己選的老公，打落牙也要和血呑是吧？阿珍笑說。

自己選的人生，不如就體驗一把吧。阿May也笑著說，不試一下，怎麼知道呢？

孩子考上了美國的學校。阿May說，我的孩子，也沒有那麼糟糕吧。

我從來就沒有認為過你糟糕。阿珍說，你是一個好媽媽，你的孩子也很棒，有自己一個人找學校的能力，當然也已準備好了獨立生活，這是頂重要的。

所以我只送到樓下。阿May說，我連機場都不去。

我可是會送我女兒到機場的。阿珍說，不是不放心，是不捨得。

阿May笑，說，不捨得也得捨得，等安排好兒子，我就返鄉下，我爸也快到退休的年紀了，一堆親戚虎視眈眈的。

跟那誰似的，要是演不好戲，只好回老家繼承家業，阿珍也笑。

還是要工作。阿May說，全職母親是份工，最重要的工作，我們打好份工，但是孩子大了離開家了，我們還是要重新開始，回到社會。

阿珍說是啊我也開始找工作了，希望在女兒去英國前找到。

米線店的工作不要了？

不了。阿珍說，不合適我。

村屋？

村屋挺好的。阿珍說，我去住了一晚。都是特別好的好人，同事們，還有老闆，但是不合適我。

我回大陸。

可是這些年的朋友都在香港。阿 May 説，返大陸你未必適應。

我老公一天到晚説我和女兒靠著他來的香港。阿珍説，可是我也常去想，不來香港，又有什麼不好的。

對呀。阿 May 説，房子更大！

阿珍阿 May 一起笑。

如果一隻蟲，一隻有翅膀不為了什麼飛來飛去的蟲，也挺好的，要什麼意義嘛。阿珍就是這麼想的。

星星

「我有一個朋友，每天晚上都要枕著自己的存摺睡覺，有一天晚上她來我這兒，我說我只剩一萬塊了。後來她告訴我，那個晚上她沒睡好，一直在想我以後怎麼辦啊。」

公司樓下一間比利時餐館，戴西喝了一杯酒，跟我說了這段話。

你怎麼辦？我說，你只剩一萬塊了你還睡得著？

怎麼睡不著？戴西說，「睡少了會胖。」

就是小時候窮的。我說，你那個朋友。

二十歲就嫁了有錢人，開寶馬，窮什麼？戴西說。

要不是小時候窮，二十歲就嫁有錢人？我說，咱倆二十歲在幹嘛？

在美國。戴西說，找不著兼職。

一天兩片麵包，一個雞蛋。戴西又說。

我沉默了一下，說，那我好點，我兩個雞蛋。

但我也沒覺得窮過。我說，我是想說，我從來就不知道什麼叫窮，也許可能真的是要餓死了，但我也不知道，只有快要餓死過的人才知道什麼叫餓。

我餓啊，戴西說。

跟餓死還是兩回事。我說，餓死死得好慢的。

你那個朋友肯定是快要餓死過，我補了一句。

戴西想了一想，說，餓死是肯定沒有過的，倒是小時候經常挨打。

唉。我說，愛和錢，抓著一樣是一樣。

所以枕在枕頭下才睡得著，總怕失去。戴西說，

我也有個從小挨打的朋友。我說，她十四歲離開家去流浪。

五年以後，有一天我走在路上，看到一個女孩問每一個路過的人要一個擁抱，她說今天是她十九歲的生日，只想要一個擁抱做生日禮物。

我認出了她，她沒認出我。我又說。

你是寫小說的嗎？戴西說。

小說也寫不出來啊。我說，這種事情。

各人各命吧。戴西說，我另外一個朋友約我吃飯，有意無意講她上個月過生日，老公沒送花沒送禮物只送了一張支票，好沒情趣。

多少錢的？我說，那張支票。

我也是這麼問她的，多少錢？戴西說，她說空白的，隨便她填。

她有意的。我說，你那朋友就是有意要告訴你。

哦，戴西說。

你只有一萬塊以後怎麼過啊？我說。

從來沒想過，戴西說。

戴西離婚那陣，一堆三姑六婆叫我去跟戴西談談。快四十歲了還離婚，這是瘋了嗎？姑婆們說。也不為老公的將來考慮考慮！有的姑婆說，把老公拉下來了，老婆的那些財富，那些資源，不也都飛了？這不都是常識嗎？姑婆們都說。

我說常什麼識，真要把老公拉下來，那就是死不離婚，告發他重婚。

你也瘋了！姑婆們說，再也不理你了。

這個事情，我從來沒有跟戴西討論過。

要麼夏天的一個晚上，戴西突然打電話給我，約我去海邊走走。

我說我晚上不高興出去，還海邊。

她說老公出差回來帶了個斑蘭蛋糕，想著拿給你。

我就出去了。

樓底下等了戴西，蛋糕放在了座頭，就一起往海邊走。

走得非常慢非常慢的戴西，我都有點不耐煩了。我就說我說話是不是很快？她說是。我說我呼吸是不是也很快？她說是。我說那我走路也是很快的。

為什麼要那麼快？她說。

中醫叫我一切慢下來，她竟然說。

我說我從來不看中醫。

到了香港就要看。戴西說，你又不是生在這兒的，你就要看中醫，你也要煲湯。

我說我從來不煲湯。

戴西歎了口氣。我們就一起到了海邊。

海灘上仍舊停著那幾艘木船，每次來它們都在那兒，我就沒有見過它們出過海。一個人都沒有的一個海灘，我們站了一會兒。

要不是這段婚姻。戴西突然說，我也可以在自己的事業上面有所作為的。

我仔細揣磨了一下這句話的意思。

我沒有婚姻。我只好說，可是我在事業上面也沒什麼作為。

我的意思是，婚姻和事業的關聯也不是那麼大。我補了一句。

戴西笑笑，說，你得有婚姻的經驗才能來說這一句。

他不想結，我也不想結。我說，誰都不想結。

望了望天，稀落的幾顆星。

他跟我說過一次，你看那顆星星，很亮是嗎？我說，我就看了看窗外，一天空的繁星，不知道他說的是哪一顆，可是我說是啊。

你知道嗎？他說，也許那顆星星早已經沒有了。

為什麼？

因為那些星星離我們太遙遠了，它們的光到達我們這裏需要很多個光年，我們現在看到的它，其實是很久以前的它了，甚至是已經消失了的它。

真的嗎？我說。

他笑了一笑，沒有再說話。

我突然就想起了那扇窗。我說，窗外的樹和花，樹和花下面鋪著的碎木屑，螞蟻會從窗台爬進房間。

你想多了。戴西說，如果他說那是一顆已經不見了的星星，那就是一顆不見了的星星，如果他說地球內心炎熱，那麼地球的心就是很熱，都是科學，沒有別的意思。

科學還是科幻？我說，跟愛情似的，離得太遠了，等它到達的時候，我們現在看到的它，其實是很久以前的它，甚至是已經消失了的它。

愛情？戴西很響地笑了一聲。

我暫時就想到這麼多。

然後我們沿著海灘繼續往前走，走到了一個小高爾夫球場。球場旁邊是一個燒烤場，都沒有人，一個人都沒有。球場的燈光雪白，襯得周圍一片漆黑。

戴西帶我找到了一個隱藏的缺口，要不是她指給我看我都不知道那兒有個缺口。

我就從這兒下去，下到更近的海灘，她說。

不要了吧。我說，可能違法。
我下去過很多回了，戴西說。
說著她就從那個缺口下去了，我衝著她的背喊我可不下去，我就在這兒等你。
非常黑的一個海灘，隱約看到一條船的輪廓。她走了一半，又折回了。
我說怎麼了？
她說也沒什麼意思。
我現在想的是，如果我知道她那時候正在離婚，我一定陪她下去了。她一個字都沒說。

收到他的微信，說訂了一間旋轉餐廳。我回覆說收到。電話都省了。
巨大圓形的透明餐廳，看起來是完全不動的，坐下十分鐘，抬頭，才突然發現窗外的景物變化。很慢地動，也是動。從來都是小餐館，電影院，或者一起爬山，這一個緩慢旋轉的餐廳，墨綠桌布和橄欖油長頸瓶，很不經常。難道是要求婚？突然就動了念。馬上又按了下去，所有的起心動念，已經能夠隨時按下去，熄滅。
渾圓的一圈桌椅，坐在哪裏都是正中間，坐著，眼看著天暗下來，腳下星星點點的燈光亮開，像坐在了半空。突然煩燥。突然想起來他說過的那顆星星，十年前了，仍然記得清晰。可是那夜過後，我也再沒有凝望過星空。
我後來聽到的都是傳言，戴西收集證據已花了一年，也就是說，離婚前一年她就已知老公出軌。別人做收集是為了分財產，她是為了什麼？她還把那些證據做成了一個論文格式。難道是要發表嗎？

最後淨身出戶的倒是她，也不知這一年的收集到底專不專業。

有人來跟我講，她跟戴西講過，你老公出差總帶那個九〇後，也不換換人，你要當心。戴西還笑。那個人就是這麼說的，她竟然還笑，心真大。

我說你這句話要來跟我說，我也是笑笑。為什麼？我們跟九〇後就不是一個級別。

可是如果九〇後懷孕了，那就超越了無數個級別，直接跳級。

如果戴西就是不離婚，那就真的是把他老公拉了下來。這個世界上還是有很多女人會與你同歸於盡的。

突然就聽到他的聲音，喝的什麼？

我抬了頭，說，蘋果汁。

總是蘋果汁，這些年。面前的小杯子，還有蘋果汁，有點小兒童，像極這個縮小了的旋轉餐廳。目光一起凝結在那個玻璃杯，皺了眉頭，又牽起嘴角一絲笑意。因著這默契，便覺著這世界上也沒有第二個這麼適當的男人了。也只是一個念頭。

他沒有再說什麼，坐了下來。

看到他還掛著上班卡，伸手過去替他取下了，淺藍色的小卡片，背面已經磨得模糊。

真的是第一次，卻像是經常做的。電影裏總要拍妻子給丈夫繫領帶，早晨清淡的日光，面對面的男女，丈夫的臉總掩在豎領裏，妻子總要掂著一點兒腳。那種細緻的小家庭的親密。可是如果是每天和每天，會不會厭倦？

又加班？

他點頭，疲憊的眼睛。

剛才在想什麼？他說，看起來心事重重。

我說戴西。

哦，他說。

算了，還是不說了。我說，一言難盡。

他笑笑，接過了酒單，放到了桌邊。

我停頓了一下，說，前些天買了一盆熏衣草，瘋長，一直想著換個新盆，突然一整片全倒了，死了。

哦，他說。

要麼是這些天一直下雨，要麼就是那個盆。我說，四面不透氣，根都爛了，悶死了。

哦，他說。

我看著他的臉。

再去買一盆新的吧，他終於說。

算了，我說。

等下去山頂？他說。

也好久沒去了。我說，要不算了。

他笑笑。

第一次一起爬山，一個夏天夜晚，一個忘記了名字的海灣公園，一個也不算太高的山頂，風太大了，頭髮都亂了。荒野地，半人高的野草。聽到他說，我以前來過這裏，獨自一人，我想過，以後有了喜歡的人，要帶她來這裏，我覺著美的，她也會覺得美。

我也沒覺得美。我裹緊了我的外套。荒涼的山，還有海灣，可是我說好吧挺美的。

我總是想到那顆星星，他從來就沒有說出過一個愛字，每個句子都叫我猜？他的方式就是叫我猜句子？

「九〇後看上他什麼了？一個四十多的有婦之夫，人好？有權？有錢？有身體？」公司樓下那間比利時餐館，我和戴西的一個共同朋友喝了一杯酒，跟我說了這段話。真會抓重點。我說，人好。有權。有錢。有身體。

九〇後也快三十了吧。共同朋友說，如果沒結過婚，一定有點問題，如果是離過婚……

我說我都快四十了不結婚是不是也有點問題。

共同朋友說，三十跟四十差別好大的好不好。

也不是所有女的都年輕的時候才好看吧？我說，我自己就是四十比二十好看。

好看是好看。共同朋友說，但是二十歲能夠掐出水來啊，四十歲還能掐嗎？

我差點沒被一口蘋果汁噎住。

你們公司樓下這間館子不錯啊。共同朋友說，以後我每天下午就走過來找你喝一杯。

那我也離被炒不遠了，我說。

老闆幾歲？共同朋友說。

看著像四十多，我說。

男的女的？共同朋友說。

男的，我說。

如果是女的你已經被炒了，共同朋友肯定地說。

大老闆男的，但是分管我的小老闆女的。我說，看著像三十多。

哦。共同朋友說，那你真的離被炒不遠了。

九〇後看上他什麼了？我說。

不就是權和錢。共同朋友說，俗氣一點，就這麼回事。

你太不懂女人了。我說，有時候也不為什麼。

我懂人。他竟然說。

也許就是為了睡一下，我說。

睡什麼睡？共同朋友說，征服慾？

你把慾望想像得太簡單了吧，我說。

你才把慾望想簡單了。他說，你才不懂女人。

然後他招手要了第二杯啤酒。

你怎麼不怕胖的？我說。

我鍛煉。他神氣地說，男人的自律不是女人能夠想像的。

我就沒覺得你男，我説。

我也沒覺得你女。他説，説完馬上又補了一句，對不起。

我也趕緊説對不起。

上班！共同朋友説，快回去上你的班，你要被炒了你就跟戴西一樣了。

戴西還有一萬塊。我説，我存款零。

我倆一樣嗎？我又補了一句。

你要沒了工作，就跟戴西離了婚一樣。共同朋友説，你倆就一樣了。

為了愛。我説，九〇後不為他錢和權，就為了愛。

共同朋友站了起來，説，這一句你去跟戴西講好了。

這個共同朋友，戴西的老公是很看不起的，剛到香港的時候還一起吃過幾次飯，後面戴西也就不出來了，要不是公司離得近，我與共同朋友，連杯酒的空餘都沒有了。實際上他是戴西的朋友，我的朋友不一定成為戴西的朋友，但是戴西的朋友很多都成為我的朋友，我們的共同朋友。戴西也沒什麼朋友，實際上她結了婚就真的沒有朋友了，我懷疑她那個老公是這麼説我的，也不結婚，也不掙錢，整天晃來晃去。如果要説男的，那就是，也不掙錢，也不結婚，整天晃來晃去。

不是前男友。我懷疑戴西每次都要跟老公這麼解釋，只是普通的男性朋友。

一個連老婆打電話都要在旁邊插嘴的老公，我在電話的那頭都聽得一清二楚。

她老公信不信的我不知道，反正我信。

戴西的前男友我記得，我記得每一個男人，不是我自己的，我的朋友們的男人，我都替她們記得。我記得他倆一直都沒分手，兩個人都結婚了，前男友結前男友的婚，戴西結戴西的婚，可是他倆都沒有正式地告下別。分手也要一個儀式？我覺得要。所以我一直認為他們還沒分手。

戴西的單身派對，如果那算是一個單身派對的話，我倆一起去了一下九份。她也可以一個人去的，我現在想想，她可能真是沒有那個勇氣。

有人問過我為什麼要看三遍《千與千尋》？的士上面，戴西突然說。

為什麼？我說。

因為每一次看都不同。戴西說，我就是這麼回答的。

都是往事，多往的事，我有點數不清了。我也記不大起來九份了，咖啡店，海岸線，望山的民宿，只記得台階，走都走不完的台階。

你真的看了三遍？站在那些台階上面，我說，我只看了一遍，我也不想再看第二遍。

一個叫千尋的小孩掉到河裏，那條河的河神救了她，小孩長大，去了神隱之地，河神又救了她一次，她後來又回救了河神一次，救過來救過去的，我都有點搞不清楚了。要說是友情，肯定有一點，要說是愛情，她說我們還會再見面嗎？他說一定會的，那就也有一點了。對我來講。

後來又看了三遍，戴西說。

為什麼？我說，為什麼還又加了三遍？

有個人說的。戴西說，每一個人都有一條自己的河，每一條河都擁有一個能夠記住他名字的人。

哦。我說，原來是找自己名字，又不是友情又不是愛情的。

我只能這麼講。

夜深下來，燈籠更紅了，轉角一個很舊的茶店，許多遊客停在那裏拍照，沉默又重複的動作，一張又一張，好像許多無臉怪。我就說，這個地方太悲情城市了，一點也不千與千尋。戴西笑笑。

回去的路上我還吐了，司機問我們要了雙倍的洗車錢。戴西說都怪這路太崎嶇。我把崎嶇那兩個字一路記到回香港。

戴西跟前男友還是見了一面，就在我吐得昏天暗地的那個晚上。其實我後來好一點了，我就到大堂裏去喝一杯蘋果汁什麼的，我也可以在房間裏喝的，但是我坐到了樓下，我想我可能還是有點擔心。

我在腦海裏構思了一下他倆見那一面的場景。

她會問他，你愛過我嗎。

他會問她，那麼你愛過我嗎。

她沒有問，他就沒有問。只是一個擁抱，柔軟又親切的擁抱。

這時戴西回來了，還挺早的。

你倆正式地告了個別吧？我說。

戴西笑了一笑，然後她給她自己要了一杯不加水的燒酒。

我有一個朋友。戴西說，我那個朋友跟多年不見的前男友見面，那個男的來了一句，你爸媽身體還好嗎。

我說啊？

原來這才是愛，他媽的真愛，戴西說。

我說也不要說髒話嘛。
不是我說的。戴西說，是我那個朋友說的，她就是這麼說的。
我說哦。
然後我的朋友哭起來，戴西說。
我說那你怎麼辦？要安慰一下她吧。
戴西笑笑，說，在她哭的時候，我望去玻璃窗外，燒起來的紅雲，明天一定會很熱。
聽到戴西這麼說，我也望去玻璃窗外，夜太夜了，什麼都看不見，明天熱不熱的我也不知道。
我就記得這麼多了。
回到香港以後，我倆一起去了一次吉卜力工作室在文化博物館的手稿展，要不是去那一次，我都不知道人和景是分開來畫的，就像拍一場真的電影。
展場的一個角落，很多人畫自己的畫貼到牆上。我看著戴西很快地畫了一隻煤炭鬼，眼睛非常大的一隻煤炭鬼，我看著她踮了腳尖，把那隻煤炭鬼貼到最高。
展覽結束的前一天，我又陪著別人去了一趟博物館，突然就想起來了戴西的那張畫。那面牆上已經貼了好幾層畫，密密麻麻，戴西的畫仍然貼在最上面，只是旁邊多了一張陌生人的畫，眼睛更大的另一隻煤炭鬼，很細緻的絨毛，那隻別人的煤炭鬼靠著她的煤炭鬼，細細的環繞的手臂，像是一個擁抱。
我突然意識到，我倆那次去九份，不就是一個非常正式的告別？

出了旋轉餐廳，電梯下到地庫，才發現他換了個車。

不動聲色地上了車，也沒什麼好問的，這些年來好像也只問過那麼一次，為什麼我親眼看到的那顆星星你卻講它已經沒有了？

開出去好一會兒了，他自己說，換了個車。

我說哦。

車的氣味仍很重，下了一點窗，涼風都灌進來，只好又關上了。

你真的不記得這台車了？他突然說。

嗯？

有一次看什麼電影，前面放了這個車的廣告片。他說，你就說了一句，將來我們也買這種車，開到山頂看星星。

有點印象，我說。

一個女的，把大包小包都塞進了那台廣告車，又往車座底下塞進了她的包包，面對鏡頭，高興地說，有了這個車，我又能買菜又能送孩子上學。

他略皺了眉，說，記錯了吧。

一個女的，雪白小臉，小禮服，手中一杯咖啡，廣告車於曲折山路中橫衝直撞一直衝到山頂懸崖，她的咖啡都沒有灑出來一滴。天窗開了，那窗的縫隙中星星們都擠在了一起。開車的男的回頭一笑，說，親愛的，你要的，星空之下的咖啡之夜。女的綻開笑顏，嘴唇好紅。

這個對了吧？

他笑了一下。

想起來了。我說，我好像是說過那麼一句，將來，還有星星，不過真的是好久以前了。

你肯定是說過，他肯定地說。

車停住了。往車窗外面看了一眼，模糊的夜色，什麼都看不真切。

天窗開了，那窗的縫隙中也見不到一顆星星，灰濛濛又有點潮濕的天空，正要按慣例問那麼一句，為什麼那顆星星其實已經沒有了？

卻聽到他說，我們結婚吧。

青菜

我是在會展中心見到彼得的，第一面。反正我是走錯了房間，他也像是走錯了房間。整個會，我感覺到他一直在看我，當然了，如果我不看他就不會知道他看我，也可以這麼說，整個會，我一直在看他。會結束，彼得給了我一張名片。我跟他說了一句話，我現在有點想不起來那句話了，反正不是什麼重要的話，他想了一想才答。然後他說了一句話，我有點懂有點不懂，只好不答，他的眼睛非常誠實，非常誠實地看著我。

後來我上網查了一下他，四十一歲，已婚。

這個故事就沒有什麼以後了。

過了三年，我突然意識到是因為廣東話，因為廣東話，我才跟彼得沒有了以後，絕對不是四十一或者已婚什麼的。他那天說的肯定是，聯絡我，但是我沒聽懂，而且我沒有給他名片。不是我不給他，是我沒有名片，我剛到香港。

說到廣東話還有說廣東話的男人，我突然想起來了一個廣州男人，高大威猛，女人們都張牙舞爪地圍繞著他，於是他看大多數女人都沒有什麼表情。天全黑了，我遠遠地望見他同一個上海女人走在海邊，邊走邊聊，邊聊邊走，然後我睡著了，一覺醒來，他倆坐在我的正前方，很靠海的海灘，仍在聊天。從我的角度，就是一幀九〇年代掛曆的八月號，碧海雲天，紅男綠女，兩個背影，有點親密，又有點距離，我遠遠地望了好久。

現在來問我廣州男人的樣子，就是那個樣子。

由這個廣州男人的樣子，我又想起一個廣州女人的樣子，她是我小時候的朋友。她給我寄過她自己做的廣州結，她寄的時候並沒有說這是什麼，只說是自己做的，因為是用藕粉色的絲帶做成，而且是從廣州寄來，我就管它叫做廣州結。還有一張照片，快要過年，她穿著夏天的裙子，背景是很多花，她解釋說她正在逛花市。

最後一面好像是在天河區，一起喝了杯咖啡，之前還更改了幾次時間地點。我現在想想，是她不願意出來？還是我不太願意出來？很有可能是她，因為她說她等會兒要去買點青菜，如果旁邊有什麼街市的話。

說起愛恨情仇來也有點躲躲閃閃，她躲閃我也躲閃。

你的威廉呢？我說，你要跟他去香港的。

她說她不記得她講過什麼威廉了。

我說這些年的信我都保存著，連信封都好好的，你的每一封信我都是好好地讀的，我這麼盼著你的信，日日等著郵差來。

你的信叫我活下去。我又說，小時候的我。

她笑了一下。

然後她說等下要去買點青菜，如果旁邊有什麼街市的話。

我不知道說什麼好了。

你為什麼要來廣州？她說，你是來廣州結婚的嗎？

我說我也不記得我講過什麼結婚了。

我不會結婚的。我停了一下，說，也許我是說過結婚什麼的，可能都是假的。

她就說好吧，你去買青菜吧。

我本來想說不是你要去買青菜的嗎？

她站了起來，我也只好站起來，互相擁抱，說再見。我再也沒有見過她。

而且我去買了一包青菜，旁邊真的有一個街市。

由這包青菜和結婚，我就想起來了傑克。

我把那包青菜帶回傑克住的地方，傑克還笑了，他說你真是亂買，但是既然買了，就炒吧。

廣州的夏天有多熱？我現在想起來都很熱。傑克又沒有空調，所以他炒菜的時候只好光著背。

傑克為什麼沒有空調？因為那個時候他太窮了。如果太窮，又加上太熱，連愛都不想做了。只好炒青菜。

傑克炒青菜的時候，我看著他的背，一張動態的背，汗珠都凝在那張背上，汗珠也是動態的。

其實傑克也炒了點別的，可能還有肉，但我只記得炒青菜，只能這麼講，那碟青菜可能是那一個時刻，全廣州最好的青菜。

傍晚，傑克帶我去看了一看最近的那個地鐵站，地鐵站還沒有開，很快就要開了。看完了地鐵站，他又帶我去看了看市民廣場，好多散步的廣州市民，還有年輕小夫妻牽著孩子，黃昏下面真的好像油畫。傑克說這就是幸福。他就是這麼說的，幸福。

我只好仰頭看晚霞，其實我分辨不出來顏色，我只能看出一些層次，深深淺淺，我也說不清楚那是什麼確切的顏色。

第二天有人請傑克吃飯，他就帶我去了，總不能放我一個人在沒有空調的房子裏吧。我就是這麼想的，我不知道他是怎麼想的。

酒杯裏不是紅酒而是甘庶水，又不太像。我看了傑克一眼。

涼茶。傑克說，川貝雪梨。

於是我人生第一口涼茶，川貝雪梨，在廣州，旁邊是傑克。

這是我女朋友，傑克向眾人介紹。

又沒有人問他，他自己說了。

現在說起來，真是一言難盡。不說了。

由涼茶我就想到香港了，也不是馬上就由廣州到香港，廣州和香港的間隙是十年，那十年我去了一個別的地方，一千字講不完那十年。總之要到十年以後，我才到香港，到了香港以後總覺得哪兒哪兒都不太對，我在香港認識的朋友戴西就跟我講要喝涼茶。

但是不要喝涼的。戴西是這麼說的，一定要叫他們加熱了再來喝。為什麼？我說，我可是喝過涼的涼茶的，還是裝在高腳酒杯裏的。涼茶叫做涼茶就是因為太涼了。戴西說，根本就不是女的喝的。女的應該喝什麼？

豬腳薑。戴西說，裏面的醋。

但是如果你吃了熱氣的東西，就要喝涼茶。戴西又說，你看我就從來就不吃煎炸的點心，青菜都是水煮的，我也不用喝涼茶。

三個月以後我懂得更多了，產婦才喝豬腳薑，普通婦女喝涼茶，溫的也行。真要是覺得自己快要病倒，街頭老涼茶鋪前立住，黑黑濃濃一碗二十四味，仰了頭一氣灌下，那病自然是發不出來了。

可是三個月了，我還不會講廣東話。所以我跟彼得就在會展中心這麼錯過了。

可是三年以後了，我還是不會講廣東話。而且這三年，我再也沒有遇到過第二個彼得，香港男人彼得。

為什麼突然想起了彼得？因為我看了個《深夜食堂》。有個男的把一枚戒指藏在神龕裏，全都交托給神明。如果錯過，也是神明的安排。可是很多年以後了，又見到愛人，她已為人妻，活得庸常。

他對她說，一起離開，重新生活。

她脫了圍裙，開門。雪落下來。他等在門外，機票和戒指，非常正式的重新開始。

食堂的老闆就說了，你的人生不是只有你自己。
她已站在門後，說，我的人生就是我的。
可是那一天竟是她生日，丈夫和小孩替她慶賀，又老了一歲，只好關上了門，她的人生果真不是只有她自己。沒有人的人生只有自己。
那個男的只好慢慢走過食堂，薄雪的地，窄巷，兩級石階，白衣服紅圍巾，孤獨地走掉了。
彼得就跟那個男的長得一模一樣。

因為想到了彼得，就讓我想到了傑克。因為傑克，又想到青菜，還有廣州，因為廣州，我又想到了白雲機場和煲仔飯，我想到了我和傑克的分手。
傑克問我要不要吃煲仔飯？有間店他常去。
我說都行。雖然傑克自己很會炒菜，但他說要出去吃，我覺得也可以。反正我也要走了。
但我不確定要不要帶你去，傑克說。
我說為什麼？
傑克還是帶我去了，一個非常小的店。
煲仔飯還是挺好吃的，好吃到我一邊吃一邊哭。因為嘴沒有空，我也不能夠同時吃同時說，我也可以不要空調的，我也可以天天吃煲仔飯的，甚至我也可以自己洗頭的。
傑克說你非得把這一煲飯都吃光嗎？
我正吃到一條青菜，沒有什麼滋味的一條白灼青菜，青菜還是一樣的青菜，但是煮跟炒真的差別也挺大。我還是把那條青菜吃了下去，要是混了點眼淚，就真的會鹹一點。

傑克看著我。為什麼吃不完還要吃？他說。他就是這麼說的。

然後我就去機場了，傑克沒送我，我自己走的。

我在機場想了挺多，也不是空調，也不是煲仔飯，也不是青菜，就是個結婚的問題，傑克有個未婚妻，很快就要結婚，他也在一開始就告訴我了。

那咱倆這又算是什麼？我也在一開始就問過他，算婚外情呢還是婚外性呢？

既然傑克沒有答，一直都沒有答，那麼這個問題就從來沒有存在過。

隔了兩個月，我路過廣州，我也沒找傑克。我在酒吧碰上了一個我和傑克都認得的男的，就叫他麥克吧，那時候我正在看花城選美大賽，現在想想是挺詭異的，一個不放球賽卻去放選美的酒吧。

麥克問我餓不餓，要不要吃點東西？有個湖邊還開著夜市。

我說我不餓，但是可以去吃點東西。

他就帶著我去了一個湖邊，可是那個湖邊什麼都沒有。他就帶著我去了他家。

由於都喝大了，那個晚上確實什麼都沒有發生。

即使沒喝大，也發生不了什麼，我可以肯定這一點，我已經不愛傑克了，傑克都不愛了，怎麼還能愛麥克。

到了香港以後我碰到一個男的，死都不肯喝一口酒，有一天他跟我吐露實情，喝大過一次，失了身。我說哦。

對方是個小姐姐，他又說。

我還一句話沒說，他又說，從此以後我再也不喝酒。

我剛想開口，他又主動說，從此以後我再也沒有失過身。

我就直接說了，小哥哥，失身這種事情，說說就算了，真喝大了肯定不舉啊。

他再也沒有理過我。

第二天一早趕飛機我也沒有遲到，我沒有遲到也不是因為麥克送我去了機場，我沒有回頭，也就不知道麥克的表情。我從來沒有錯過過飛機，也許我錯過過火車，但是我從來沒有錯過飛機。但是坐在白雲機場，某個登機口等飛機的時候，我看到了傑克。我知道我要去哪裏，但我不知道他要去哪裏，靠在一起的兩個登機口，登機時間也在一起，中間卻用一面玻璃牆隔開。後來所有的敍述中，我都是那個拉著箱子跑掉的人，箱子還翻掉了。事實上是，真的是因為要登機了，喊了登機還不登機就真的會錯過飛機。我回了一下頭，我的腦海裏就永遠地印下了傑克的一個樣子，他站在那兒，一手登機牌，一手登主機殼，他的周圍應該挺多人，但是我完全沒有看到那些人，我只看到傑克。他站在一個登機口，喊了登機他還不登機，他一直一直一直地看著我，直到我的箱子翻掉。

我不知道每年會有多少人在白雲機場分手，反正我是其中之一，我只能夠講如果你是在機場分手，那種分手真的二十年都忘不掉。

我馬上又想到了深圳機場，深圳是一個實現夢想的地方，廣州不是。廣州端莊，大骨架，風情萬種。深圳就是一個放大了的深圳機場，富麗堂皇，能夠嚇死所有的密集恐慌症。

我又想起了一個在深圳的朋友。這也想得太跳躍了，還是一個小時候的朋友。

那個小時候的朋友問我要一支筆，那支筆做得就跟一個針筒一樣，我也不是很喜歡那支筆。但是要是有人來要，我也不是很想給。我還沒説話，她就塞過來一個青銅女神像，説跟我換。

我喜歡所有的好東西，她説。她就是這麼説的，心裏想要就一直想要。

我看著她。

而且我將來一定要有一個大浴缸。她説，就跟你家的那個一模一樣。

我也不太喜歡我家的浴缸。我就跟她換了。她那麼喜歡那支針筒筆。

我也不是很喜歡那個女神像。幸好第二天她又來了，説她後悔了，要我把女神像還給她。我還沒説話她自己説了，那個女神像不是她的，是她姐的。我看著她。她説她姐肯定是要打死她。我就把女神像還給她了。再換回來的針筒筆也壞了，我就扔了。

我現在的朋友戴西説這個事她也遇到過。

我説你小時候也有人拿個女神像換你的筆？

戴西説是有人直接問她要她的筆。我説幹嘛？她説因為問她要筆的人想用她的筆再去換那個人自己的筆，因為那個人的筆被人拿走了。

這也太繞了吧。有個人的筆被拿走了，去要回來的方式就是再拿別人的筆去換？

就是這樣。戴西説，有的人就是這套思維模式。

去香港前我回了一趟家，竟然還接到了那個換來換去的朋友的電話，她説你家的電話號碼二十年都不變的？我還沒説話她自己説了，你那兒冬天冷吧？我正在想我這兒不就是咱們這兒？冬天冷不冷的咱們不知道？我還沒説話她自己又説了，我現在在深圳了。我正想問她深圳冷不冷？她主動說了，深圳不冷。

我老公是香港人。她繼續說，又有錢，又愛我。

我剛想開口，她自己又說了一遍，我老公是香港人，又愛我，又有錢。

我後來從香港去深圳，總疑心一抬頭就見到她，我想我永遠都不會忘記她的臉，即使隔了二十年，再隔二十年我都不忘掉，可是我再也沒有見過她，深圳太大了。

廣州我不去，也挺近的，但我一次都沒有去過。

真的是很久很久以後了，我又路過廣州。那一餐飯，傑克來了。抱歉抱歉。傑克說，還有事，馬上就得走。

一桌的人，沒有人認為傑克和我以前就見過，我倆還握了個手。

我現在想想，那一餐飯真是一言難盡。一碟青菜端上來，傑克給我夾了一筷菜，這都十年了吧？十三年？十五年？我記不大清楚了。我雙手接過，說，多謝傑克老師。

眾人的目光之下，傑克似是突然醒悟過來，然後他給每一個人都夾了一筷青菜。

仍然有人看著他。他就自己說了，那是很久以前了，打電話都不太方便，我要是給她打電話。

他看向我，我竟然低了一下頭。

我就得用大街上的電話亭。他繼續說，就是那種，插磁卡的那種電話機，有時候講著講著，突然沒了聲音，哦，一張電話卡都講完了。

我看著傑克。說點什麼好？我想的是，說什麼都不好。

於是我一句話都沒說。

他又說，夏天好多蚊子啊，打電話的時候那些蚊子就在你的腳邊繞啊繞啊。蚊子倒也不算什麼，只是總有人走過來憤怒地敲你的亭子，別人也要打電話嘛，但我假裝沒看到那些別人，我就放不下那個電話。

眾人沉默。

他又主動說了，那時候單位也只有一台電話，還是在誰的桌子，為了給她打個電話。

他又看向我，我也不知如何安置我的目光，只好回看給他。

我就得受那誰的白眼啊，他說。說完，自己笑了。一桌人應酬地笑，有人端起酒杯，敬傑克老師一杯。

我笑不出來，只好說一句，這個我不知道。聲音淹沒在酒杯中。

我真的不知道，我又說了一遍。

我吃下了那棵傑克夾給我的青菜。什麼滋味，我也有點想不起來了。

然後我就去爬白雲山了，我也不知道我為什麼要去白雲山，有點忘了，我還穿了個高跟鞋。山盡頭一根水泥柱，綁滿了鎖，鎖情鎖愛，日曬雨淋，鎖全鏽了。我只能夠講這麼多。

白雲山頂，突然就想起了很多年前的傑克，很多年前的傑克炒的青菜，我就當是幸福吧，一棵青菜的幸福。

◦◦ 咖啡

過了萬里桐，路邊一個咖啡農場，我們的車停了下來。主要是蘇西，她說她要停一下。
我說我可不喜歡咖啡。
我也不喜歡。蘇西說，喝一口咖啡都會叫我心跳加速。
那你為什麼要停？
看看嘛。蘇西說，反正我們也要休息。
剛才那個蓮霧農場你為什麼不停？我說。
我連蓮霧是什麼都不知道，蘇西說。
所以才要停。我說，你剛才要停了我們就知道蓮霧是什麼了。
就是個熱帶水果吧？蘇西說，不知道也好，就好像昨晚夜市上的愛玉冰，不去試你就不知道有那麼難喝。

還好。我說，也許多試幾次就習慣了。
那檳榔你還會多試幾次嗎？蘇西說。
不要，我堅決地說。
也許多試幾次就習慣了嘛，蘇西說。
我不想理她。
只有兩個客人，蘇西和我。農場還是派了一個女的接待我倆，農場的女的很專業地帶我們爬上了後山，一大片香草地前面。
這是羅勒這是百里香哦。農場的女的向我們作介紹。
這是薄荷這是迷迭香哦。我把其餘幾種香草也作了個介紹。
蘇西看了我一眼。
這是尤加利。我又補了一句，圓葉尤加利。
你都種過？蘇西說。
我都吃過。我說。
尤加利沒吃過，我又說。
蘇西用力地看了我一眼。
農場的女的一笑，帶我們又走了一段，到了一個樹林，全是開白色花朵的樹。
這就是咖啡樹哦，農場的女的說。
哦。蘇西說，原來咖啡的花是白色的。

我本來想說任何果子的花都是白色的，還是忍住了，我什麼都沒說地貼近了一棵樹，用力地聞了一下。

茉莉。我說，聞起來像茉莉。

不是吧。蘇西說，咖啡與茉莉差別好大。

也許就是茉莉的花，我說。

咖啡的花啦。農場的女的強調了一下。

聞著就像茉莉，我堅持了一下。

蘇西又用力看了我一眼，我不說話了。

只開三天。農場的女的說，咖啡的花期只有三天哦。

櫻花還能開七天呢。我說，咖啡花開這麼短。

你是什麼都知道小姐嗎？蘇西直接地對我說。

我說不是，我之前就不知道咖啡花只開三天。

我們現在下去了啦。農場的女的說，我們有一個咖啡手工坊，邀請你們參加哦。

我和蘇西對視了一眼，跟在她的後面，下到平地，一個空曠的大房間，一張長桌，上面放了三個盤子，裝著一些豆子，顏色都不太一樣。

摸一下要不要啦？農場的女的指著一盤新綠色的豆子對蘇西說。

蘇西搖搖頭。我只好代她摸了。

什麼感覺？蘇西問我。

濕的，我說。蘇西略帶嫌棄地站遠了一點。

農場的女的笑笑，說，生咖啡豆就是這樣，濕濕的啦。

我在想我們也許可以走了，反正咖啡的花也見過了，而且我是不喝咖啡的，而且蘇西也說她喝一口咖啡就會心臟病發。

那我們的咖啡手工坊就要開始了哦，農場的女的說。

多少錢？我說。

要多久？蘇西說。

可能是同時發聲，於是農場的女的沒聽明白，她一笑，直接領著我們去了下一個房間。

五分之四巴西，五分之一哥倫比亞，深焙豆子，磨成粉，注入冷水，慢慢地攪拌。

蘇西攪拌的時候，我看著她，她很認真地攪拌。

現在要等咖啡粉膨脹哦，農場的女的說。

要等多久？我問。

很快了啦，她答。

我留下了蘇西，回到香草地，因為咖啡樹還要再走一點，我就走到香草地算了。我在草叢中站了一會兒。

蘇西很快也來了，我看著她摸了一下檸檬香茅，那是我最討厭的香草。

他問過我醉咖啡的感覺是什麼樣的？蘇西一邊摸一邊說。

什麼樣的？

好像醉檳榔。
他又問醉檳榔的感覺是什麼樣的？
我說好像第一次見到你，蘇西說。
我歎了一聲氣。
我就是這麼說的，好像第一次見到你。蘇西說，血都湧上頭，心跳到不能停。
聽你這麼描述，不像醉咖啡，像醉酒。我說，喝多了吧。
真像喝多了。蘇西也歎了口氣，一個有婦之夫，見第一面，還心跳到不能停。
愛情。我說，如果是愛情，不算犯罪。
其實就是個一夜情，蘇西說。
這可是你自己說的，我說。
是我說的。蘇西說，一夜情就是一夜情，別侮辱了愛情。
我本來想說一夜情不還有一夜的愛情嘛，還是什麼都沒說。
別再想了。我說的是，想點別的。
沒法不想。蘇西深深地吸了口氣，說，就等時間吧，會忘記這個事。
忘是忘不了的。我說，但是時間確實可以修改一點記憶，再過五年你再想起這個事，跟現在完全不一樣了。
為什麼五年？蘇西說。
我五年前有個朋友。我說，老公出軌，外面那個女的還生了個孩子，朋友就去找那個女的，跟她講，不要抱有幻想，這樣的男人，既然能夠出軌妻子，有一天也會出軌情人，既然不肯拿錢出來給妻子，當然也不會給情人錢。

說什麼都沒有用了。蘇西說，如果已經有了孩子，那個外面的女人就算是被套牽了。

五年前可不是這樣。我說，五年前大家都當是出軌的老公被外面的女人套牢了。真真要五年，那個男人就五十了，一個五十的男人，還能有什麼用？

也不要這麼說嘛。蘇西說，男人的五十也才相當於女人的四十。

我不太想理會她這句話，這個問題要是爭辯起來，我能說三個鐘頭。

我就說，真真五年，我那個朋友，現在已經不是我的朋友了，為什麼？她過得太開心了，想幹嘛就幹嘛，這就與我有點違背了，我可不是想幹嘛就幹嘛的，所以她不能再是我的朋友了。而那個情人呢？那個男人果然到處花，看起來是要花到七老八十了，還不肯拿錢出來，還得服待他。

所以你講了一個成功甩掉渣男的故事。蘇西說，你的意思是，若沒有別的傻女接，還不大好甩呢。

就是這個意思。我說，出軌這個事，只有第一次沒有最後一次，你那個有婦之夫，能夠出軌你，當然也能夠到處出。

我知道。蘇西說。

有人接盤已經是最好的後果。我說，還有最壞的後果。我還有個朋友，是個美女，跟了一個富豪。

你都什麼朋友嘛，蘇西說。

不挺多的嗎？美女與富豪。我說，生了個女兒，大婆找上門，請她滾，她就滾去加拿大了。

為什麼不要一筆錢？蘇西說。

我也是這麼跟她說的，我說你得要一筆錢。

她說她要靠自己。我說，她就是這麼答的。

我想的是，她生的是個女兒，要是個兒子，大婆也趕不走她了，她也能夠要到一筆錢。

要我也是自己走。蘇西說，我也不要錢。

我看了蘇西一眼，說，你想多了，美女與富豪，我也就見識了那一對。過了五年，真真五年，大婆竟然又找來，說富豪已經破產，關在牢裏，而且生了重病，時日無多，希望她拿點錢出來走動下關係。

她拿了錢出來。我說，畢竟是孩子的父親。

那個大婆怎麼好意思的？蘇西說。

她的錢也沒能救到那個男人。我說，那個男的還是死了，錢算白扔了。

一個大婆的角度，一個二奶的角度。我說，只有時間是公平的。

沒有那第一年，第二年，第三年，怎麼來的五年，蘇西說。

所以要等啊。我只能說，只能等。

難熬。蘇西說，你有想過你的大婆朋友，二奶朋友的那五年嗎？

想它幹嘛。我說，又不是我自己。

那天早上。蘇西說，我丟了一隻耳環。

本來你就只戴單耳。我說，也就是說，你丟了全部的耳環。

我後來打電話給他。蘇西說，沒提耳環，只說了小字條。

什麼小字條？我說。

互相寫的字條。蘇西說，我寫了親愛的，他寫了我愛你，那些字條被忘在酒店的桌上了。

他說的是，算了，不拿了。

我就沒有提那隻耳環，蘇西說。

為什麼不提？我說。

我怕他再說一遍，算了，不拿了。或者更壞，他看到了，隨手扔掉了。因為也沒有第二次的見面。總不能帶回家吧，家裏還有老婆孩子。

那你要問他要那隻耳環的錢，我說。

我不會收那筆錢的。蘇西說，而且他也不會給。

你都找了些什麼樣的男人啊，我說。

好像你比我會找似的，蘇西說。

我馬上閉嘴。兩個人一起下山，農場的女的還坐在那些瓶子罐子中間。

膨脹好了嗎？我問。

好了啦。農場的女的說，還要再攪拌一次。

蘇西耐心地攪拌了起來，看起來完全沒有受剛才那隻耳環的影響。

我看著她再耐心地濾過咖啡，加入了冰塊，做成了一瓶冰咖啡。

可以帶走。農場的女的一邊蓋蓋子，一邊說，但是一定要在今天晚上之前喝掉。

我很懷疑蘇西會不會真的喝掉那瓶咖啡，儘管是她自己做的。醉咖啡的女人，停在咖啡農場，親手做一瓶咖啡，就是這樣。

去恆春鎮的路，一邊是山，一邊是海，看著還挺美好。我覺得我倆真的應該把一切都忘掉。既然誰都沒有懷孕，誰都沒有不得不被套牢的下半個人生。

丟了那隻耳環以後，我就去了咖啡店。蘇西一邊開車一邊說，要了半杯solo，一口，血湧上了頭，心跳到不能停。

氣的。我說，純粹是氣的。

你知道吧。蘇西說，他總是一下又一下地撫摸你的手臂，真的好怕失去你，那種感覺。

我認識一個男的。我說，他的方式就是總要把他的下巴放在你的頭頂上面，每個渣男都有自己的方式，全都是力量展示。

蘇西笑了一笑，握緊了方向盤。

車過南灣，往窗外看去，兩個巨大灰色圓柱，像是冷卻塔？我也不知道是什麼，但是我說，停一下？就又停了下來。

海水都是溫的，海灘上還有小孩和狗，望著夕陽快要落入大海，我突然想到了蘇西的那瓶咖啡，會壞的吧？還不喝掉的話。

蘇西笑笑，眼睛望去遠方的遠方，夕陽落入了大海，頓時全暗了，一點過渡都沒有。

趁著一點拍打沙灘的波浪的聲音，我挺抒情地喊了一句，如果海會說話如果風愛上沙。

南邊的南邊，會不會晴朗？蘇西竟然還應對了一句。

那就再往南邊開。

路過預訂的民宿，我說要不要先下去？行李放好了再出來吃東西。她說不要，她要直接開到海的最邊。我說好吧。

我現在能夠想起來的就是，一條非常長非常長的棧道，海藍成了三個顏色。

要說我是怎麼在完全沒有陽光的情況下面判斷海有三種顏色的？我現在也有點說不清楚了。

就那一夜。蘇西坐在我的旁邊，說，和他在一起的那一夜，好像都是有顏色的，他的眼睛是亮的，就像咱倆腳下的這個貝殼。

我說你眼瞎了嗎？這個貝殼是亮的嗎？我看來看去都是個普通灰白色。

他愛我嗎？蘇西問我。

不愛，我說。

他愛過我嗎？她又問。

你覺得有意思嗎？我直接地說。

如果這一路你都想不明白這個事情。我又說，你說咱倆的這一次公路旅行是不是還挺失敗的。

星空之下，面朝大海的一張木椅，蘇西拿出了她的那瓶手工咖啡，喝了一口，然後那個瓶子很長久地呆在了她的掌心裏面。我知道那瓶咖啡肯定是壞了，要不她肯定還能喝第二口。

我懷孕了。她說，就那一夜，我懷孕了。

然後她哭起來，她哭得我都想哭了。

那剩下的咖啡還是我來喝吧，我只好說了這麼一句。

遊艇會

珍妮花這次約我在遊艇會吃飯。我想過問她服裝要求，馬上收住了，這一句白 tie 黑 tie 問出口，可能真的會破壞掉我們的友情。於是我什麼都沒有說。我自己上網查了一下，遊艇會。我本來也要查怎麼去到那個會，搭幾號地鐵，在哪裏轉車。

一個非常普通，非常普通的網站，主頁的照片肯定是修過的，燈火通明的一幢高樓，一池碧水，白色遊艇堆積成山。視覺效果上，遊艇們比高樓高大。

四個分介面：遊艇會，會所，債券，聯絡我們。

我按了一下聯絡我們。

「我們為顧客提供專業的學校債券、私人俱樂部、遊艇會二手會籍買賣及租賃服務，想成為城中最優秀一族最精明投資者，不要猶豫，現在就聯繫我們！」

我在二手那兩個字上面猶豫了一下，為什麼二手？我就不能一手？我果斷滑到了遊艇會那個

頁面。

「遊艇會（Royal Yacht Club），本地歷史最悠久的會所，亦為世界其中一間最大規模的遊艇會。」

我來回看了幾遍，覺得這一句確實不通。而且這個會的名字，按照準確的英文，就不僅僅是遊艇會，而是，皇家遊艇俱樂部。

再往下滑，我明白為什麼是二手了，一手的不賣。我數了一下零，因為第一遍數錯了，數到第三遍的時候我突然意識到，有錢人的零，在多於十個之後，真的就只是一堆數字了。我仍然把手機計算器調出來，會籍費，加上轉讓費，再加上更換提名人的費，一千萬。這個數字，足夠買一套小豪宅，而在這裏，確實只是一個會籍，還是二手的。

出於好奇，我把所有的會都走了一遍，所有的零都數了一下，遊艇會雖然最貴，但是相對友好。更多的會，二手都 Stop Transfer 了。也就是說，有錢也入不了，有提名人也入不了，只有一種可能，一手裏面有人沒了，那個位置空出來，等候名單的第一位才可以補進去。我一定是《鍍金時代》看多了。我也馬上了解了，我那天不可以穿什麼，至於可以穿什麼，我一時也想不到。

債券那欄我沒看，我不想跟珍妮花聊孩子，我只想跟她聊聊我們自己，就像十五年前，我們坐在炮台公園，自由女神像在不遠的遠方，水的中央，我們聊的就是我們，我們的處境，我們的自由。

可是我和珍妮花多久沒見了？有十五年了？有十年了？還是五年？

這個週末，六點，遊艇會見。她就是這麼說的，一個多餘的字都沒有。

從我過往的角度，一個網站不在聯絡我們欄目標注交通路線是不專業的，但是這個遊艇會網，沒有交通指示恰恰就是專業。高級。我搭地鐵去了，倒三個站，然後下來走二十分鐘，因為那個位置大巴和小巴都不到。可以搭的士，但是搭個的士到遊艇會？世俗的角度，高級的門童是不會給一個的士開門的。

我穿了一條沒有 logo 的牛仔褲，和沒有 logo 的球鞋，要不那二十分鐘我走不過去。

一條很寂靜，很寂靜的路，我都生出了錯覺，以為我們還在三藩市。不是紐約，是三藩市，可是珍妮花是我在紐約的朋友，不是三藩市。走在這個地方，更多時候是又一村，我時常生出錯覺，不知道自己在哪裏，可能在那裏，也可能在那裏，只是不是這裏，我不知道我在哪裏。

經過一個地盤，快要蓋好了，我舉起手機，拍了一張，我也不知道我為什麼要拍。

又經過一個民宅，低籬笆，爬滿野薔薇，走近才知道不是薔薇，是什麼，我不知道，我只認得薔薇，我的家鄉超多薔薇的，我也有好多年沒見到野薔薇了。二十年？我離開家鄉有二十年了？

就到了一幢樓的下面，沒有門，也沒有任何入口，就是一個樓，灰撲撲，相當樸素。要不是地圖顯示這裏就是遊艇會，說是個工廈也行。

繞著樓走了半圈，用了三分半鐘，我仍然比約定的時間早到了六分半。

「遊艇會向海邊，一座叫做高塔的建築物入面。俱樂部附設碼頭、中餐廳、西餐廳、中菜酒樓、宴會廳、會議室、健身房咁。」

手機上來回看了三遍，特別想替他們修改地圖簡介。

「遊艇會在一座叫做高塔的建築物裏面，面向大海。皇家遊艇俱樂部附設碼頭、西餐廳、中餐廳、中菜酒樓、宴會廳、會議室，等等。」

我把健身房自動劃去了，因為覺得跟宴會廳會議室不是一個類別，至於西餐廳為什麼要卡在中餐廳和中菜酒樓的中間？不如就放到最前面，然後突出不僅僅有中餐廳，還有中菜酒樓，而中餐廳和中菜酒樓是不同的。

那麼是中餐廳還是西餐廳呢，入門的左邊還是右邊呢，珍妮花沒有給到更多的資訊。我跟自己說直往裏走就好，走得快一點就不會顯得第一次來。

門口一個人都沒有。小小的一個入口，極為隱密，我不由輕輕吸了口氣。低調的奢華，說的就是這種方式。

入到裏面，昏黃水晶燈，快要垂到地面。old money，我的腦子裏只出現了這個詞。我也不知道我是怎麼回事，我從來不用英文想問題，即使口出英文，我也要先在腦子裏轉換一下。

打擾一下，我用英語說。我在 cuse 上面重了小小，聽起來會更皇家。

不知道是中還是西的餐廳接待抬起頭，看了我一眼。

打擾一下。我又說了一遍。cuse 重過 ex。六點的訂座，兩位，珍妮花小姐。

請問珍妮花小姐姓什麼？接待禮貌地問。

我遲疑了一下。稍等，我說。然後我開始翻手機，有點手忙腳亂。接待看著我。

翻了一會兒，我突然清醒，為什麼我要說稍等，珍妮花不就是姓黃嗎？我倆都十五年了，我要翻手機？我有點生自己的氣。

黃。我放下手機，說，珍妮花·黃。

請問珍妮花·黃小姐的電話號碼，接待又禮貌地問。

我又開始翻手機，我哪裏知道她的號碼？我們都用微信聯絡，沒有微信之前我們用 MSN 聯絡，我們用 MSN 定下明天去城裏用 Path 還是 Ferry，我們根本就不用電話。

還好我在珍妮花的微信備註裏找到了她的號碼。

沒有這個號碼。接待果斷地說。

那麼有這個名字嗎？

有。

是的。

可是沒有這個號碼。

有這個名字，可是沒有這個號碼。我重複了一遍。

是的。接待對答如流。

這個時候餐廳裏面走出來一位更年輕的接待，也看了我一眼。從頭往腳看第一輪，又由下往上看了第二輪，時間就有點長。我什麼都沒有戴，包包都沒戴，我就一個手機，手機就是我的表。而且我有點生氣了。

更年輕的接待開始翻閱預約名單，尖尖手指劃過每一個名字。我也看了一眼，只有一排名字，有中有西，並沒有數位，電話或者會籍號碼。

或者您能給到我珍妮花·黃小姐的會籍號碼？接待說，面帶笑容。

你覺得你的會員們會公開他們的會籍號碼嗎？我說，那樣不就誰都可以訂位了？

這是不可能的。接待自信地說，只有號碼不會成功，我們還會比對名字。

你講話的方式可真有趣，我說。

謝謝，接待答。

我真的都要氣到爆炸了。

新出現的年輕接待繼續看名單，埋著個頭，一言不發。現在好了，我知道她看我，她知道我知道她看我，我知道她知道我知道她看我。

要看那麼久的嗎？我很想說她，一眼就看不出個貧富？可是她一扭身，回了餐廳。現在門口又只剩一位接待了。

或者有沒有第二個電話號碼？接待說。

為什麼會有第二個電話號碼？我說。

他竟然笑了一聲。

為什麼會有第二個電話號碼？我又問了一遍。

他收斂了笑容。我們的會員們都有第二個電話號碼，他說。

你們的會員們都有兩個以上的電話號碼，我重複了一遍。

這次他沒有說是的。

有時候就是這樣。他說，有時候就會有兩位黃小姐訂位，今天晚上就有兩位黃小姐訂位。

你是說？我看著他的眼睛，好年輕的眼睛。今晚有兩位珍妮花·黃小姐訂位，而且訂的都是兩人位？

接待抓起電話，也不知道那架電話怎麼出現的，都沒有響。

珍妮花的微信來了。抱歉我會遲到，你先坐，我馬上到。

我走開了一點，離餐廳和接待都有點距離，然後發過去一條，你訂位時的電話號碼？

為什麼要電話號碼？她馬上回給我。

我吸了口氣。

一串數字發來。

我已經在停車場了，正在停車，她說。

我腦補了一下我在大廳等到她，見到她，然後擁抱，然後一邊寒暄一邊一起走向餐廳，接待卑微地彎腰……但是我沒有這麼做，我再次走向了餐廳接待，向他顯示那串數位。

珍妮花．黃小姐訂位，兩位，他對住我說。

是的，我說。

接待在紙上劃了一下，又劃了一下。

我可以進去了？我說。

是的，你可以進去了。他冷冷地說。

我就進去了。一個人都沒有的一個餐廳，也沒有遊艇。一排露天位，落日的餘暉映襯著露天位，頗有些淒涼。

一位不知道怎麼出現的接待指示我坐在門邊，室內位和露天位的交界線處。

請問我可以坐到外面嗎？我問。

不可以。她說，你只可以坐在這裏。

這都是訂好的，她又說。

我坐了下來，座椅都有點舊了，十二分的不舒服。

望著窗外的露天位，天色和座椅都慢慢地黑了。珍妮花停個車都要停那麼久的嗎？從停車場上到這一層，隔了多少層？

再望向門口，珍妮花來了，接待和領位一起，一前一後，夾著她徑直抵達了我的面前。我馬上站起來，與她擁抱，她又瘦了，比五年前瘦了，還是兩年前？一年前？

為什麼坐在這裏？珍妮花皺眉，為什麼不坐到外面？用的中文。

我望向領位，領位望向我。就這裏吧，珍妮花坐了下來。領位瞬間消失了。

兩杯水也瞬間出現了，我假裝沒有看到那兩杯水。

你好嗎？珍妮花說。

你好嗎？我問了同樣的問題。

就那樣吧，珍妮花說。

我也就那樣吧，我說。

珍妮花笑了一聲，說，餓不餓，我們來叫好吃的。

不是自助餐嗎？我環顧了一下餐廳，說，擺了這麼多吃的。

我們點餐牌上的。珍妮花說，還有酒。

已經好多吃的了。我說，不要再另外點了。

酒肯定要的。珍妮花說，咱倆多久沒見了？

侍應馬上也就出現了，珍妮花要了一支酒。我看了一眼酒牌，也就一眼，確實沒有一千塊以下的酒，也許我又數錯了零。
非常好非常好的酒，我確定我數錯了零。
你有船嗎？我說。
沒有，珍妮花說。
那為什麼約在這裏？我說。
近。珍妮花說。我一般就在這兒健身，吃東西。
你住到這個區了？
都搬來好幾年了，珍妮花說。
買的？我問。又馬上後悔。
珍妮花笑了一笑。
我在來的路上有看到新樓盤。我說，我還拍了照。
我知道你講的哪個。珍妮花又笑了一笑，那個盤我也買了兩個單位。
我想說祝賀，又覺得不妥，只好也笑了一笑。
廚師親自端來了一份小羊排，珍妮花轉過頭，笑著說，謝謝。用的中文。
我也說謝謝，我也用中文。
這個區的 neighborhood 不錯吧？我說。
挺習慣的。珍妮花說，我應該不會再搬了，就在這個區了。
我就想搬到沒有人的地方。我說，可是地球上哪有沒有人的地方嘛。

珍妮花笑了一聲。

你有沒有覺得我嗓子有點啞。我說，就因為我住的那個社區。

怎麼了？珍妮花揚眉。

我家樓上又從陽台倒污水。我說，我就站陽台上喊了，就把嗓子喊啞了。

你喊什麼？珍妮花說。

喊英文啊。我說，又不能喊普通話，大陸人嘛，廣東話又有口音，只能喊英文。可笑了是吧。

是有點好笑，珍妮花說。

倒了有一陣子了，都是下午太陽剛好，衣服差不多曬好的時候，一盆髒水，一天衣服白洗了。

天啊，珍妮花說。

物業發信警告過。我說，沒用，一發信就會更瘋狂地倒水。要在美國我們直接報警了。

報警有什麼用。珍妮花說，這是他的自由。

好吧，自由。我說，樓上鄰居倒水，我旁邊的鄰居，衝著我家陽台豎了一枝紅纓槍。

你這是寫小說吧？珍妮花說。

真的，我上網查了。我說，他那把紅纓槍打橫豎指，槍頭衝我，他自己就能升官發財。

有用嗎？

不知道啊。我說，我又不要升官，讓他指一下也無所謂。

可是。我又說，過了幾天又掛出一串大八卦鏡，有卦有鏡，對住我家陽台，又閃又亮，把我的眼都閃瞎了。

聽起來不像升官發財啊。珍妮花說，這是擺陣嗎？

我上網查了。我說，確實是擺陣。

有邪要辟？珍妮花說。

不知道啊。我說，辟邪要用八卦鏡照別人的？那別人也買個大鏡子給他反射回去呢？

太奇葩了吧。珍妮花說，真的笑死了。

我可笑不出來。我說，以前我都是上班前晾衣服，下了班收衣服，天都黑了根本看不到衣服出問題。今天下午正站陽台上，水就倒下來了，親眼所見。

你失業了？珍妮花說，今天不用上班的？

啊。我說，是啊我不上班了，我辭職了，我自己辭職的。

珍妮花看著我。

好吧我失業了，我說。

祝賀。珍妮花端起酒杯，為自由乾杯。

我也只好舉起杯，跟她碰了一下。

你說這個有陽台的煩惱，還不如那些住公屋居屋的，全封閉，沒有任何傷害，我說。

珍妮花笑了一笑，哪兒哪兒都有這種問題，逃避不了的。

你也有？

我買的頂樓，珍妮花簡單地說。

我喝了一口酒。

好吧。珍妮花歎了口氣，跟你說說我那個鄰居。

廚師又親自捧來了一份炭烤龍蝦，珍妮花微側了身，略帶笑意：謝謝，謝謝，你們太可愛了。
剛才端來的羊排還在桌上，一口沒動。我也說謝謝。
我那個鄰居。珍妮花繼續，天天在朋友圈曬包包。
這算什麼嘛。我說，她們都曬。
每次跟我出去逛街，她每個店都要進去。
那她買嗎？
買。珍妮花說，什麼都買。買了馬上發朋友圈，一秒都等不及。
急成這樣？我說。
都是這兩年的款。珍妮花說，翻來覆去地曬。
我看著珍妮花。
也就是說，全部都是來了這兒以後才買的。
聽起來是有點毛病。我說，新貴都這樣。
貴什麼？珍妮花說，貴是貴，富是富。有一種人富是富了，就是貴不起來。
那麼是不是也有一種人，貴是挺貴，可是富不起來？我說。
我覺得我就是，我補充了一句。
珍妮花笑出了聲。
她自己也知道怎麼買就算把半個城都買了也入不了圈，還心心念念想要擠進來。珍妮花歎了一聲，超煩的。
你看《鍍金時代》嗎？我說。

我不看的。珍妮花說，我這些年的生活特別簡單，健身，然後吃點東西。所以說這個會所比較方便呢，我一般就是在這兒大半天，健身，吃飯，回家睡覺。

睡前一杯紅酒，對吧？我說，就像我們在紐約的時候。

珍妮花嫵媚地一笑，對，不要帶著煩惱入睡，很簡單的。

那個曬包的就不是一個煩惱嘛，我說。

哎。珍妮花說，你無法想像的，一張口就是野話，太粗鄙了，太粗鄙了。

我可以想像，我說。

望向窗外，竟然燈火通明，地板都是亮晶晶的。也不知道太陽什麼時候落下的，也不知道燈火什麼時候通明的。露天裏兩個大桌，每一桌都琳琅滿目，也不知道他們是什麼時候坐到那兒的。可是要去到露天位，不是會經過我們的桌子嗎？或者他們就是直接駕著遊艇靠上碼頭？想到這裏，我伸長脖子，眺望了一下，看不到碼頭，也看不到遊艇，更遠的遠方，也許是海，非常深沉的黑，黑到什麼都看不見。

我這些年就在想這個問題。我說，有的人來這個地球就是來付出的，把自己貢獻掉；有的人來就是來消耗的，消耗這個地球的資源，也就是世俗意義上的，享福。都是命運。

你都想了四十年了好不好。珍妮花說，還在想？你簡直就是翻來覆去地想嘛。

我以前就是想不通嘛，這兩年有點通了。我說，珍妮花你不要覺得我神經病，我真的跟你講，一切都是數學，不是什麼玄學天文學命理學，就是個數學。

你數學就沒好過，珍妮花說。

這個數學不是那個數學，我說。

哎，我跟你講。珍妮花說，這個事兒，我跟誰都沒說過。

這麼神秘？

當年我要結婚。珍妮花說，我家裏不同意。

是啊我知道。我說，你爸還要把你趕出家門。

後來還是同意了。

現實證明了你的選擇是對的，我說。

不是趕出家門，是我爸要跟我斷絕父女關係，珍妮花說。

一個意思，我說。

我媽就帶我去見了一個人，珍妮花說。

這個我不知道，我說。

那個人讓我在1到10裏選一個數字，珍妮花說。

你選的什麼？

這個不重要。珍妮花說，我選的那個數字，那個人一看，就跟我媽說，這個結婚，讓她去，不要阻攔。

如果你選的不是那個數字呢？我說。

這個我怎麼知道。珍妮花說，我就是選的那個數字。

你老公的公司就是安德魯出生那年上市的吧？我說，你旺了他，不是他旺了你。

你想問題都這麼跳躍的？珍妮花說，不是旺不旺的問題，就是你剛才講的，數學。

根本就不是一個意思，我說。

廚師又送來了一份魚，這都第三次了。旁桌，旁桌的旁桌都沒有這個款待。我不想說謝謝。

珍妮花站了起來，給了廚師一個小擁抱。真的好愛你們呦，她竟然說。

味道怎麼樣？廚師開口了，非常義大利的口音，長得也很義大利。

棒極了。珍妮花極為自然地說，一切都棒極了。

那些菜分明一口沒動，她就吃了一點自助吧的沙拉。桌上的羊或者龍蝦都有些涼氣了。

侍應為我們加酒。

酒真好，我只好說。我想不到說什麼。

再來一瓶？珍妮花說。

不要了不要了。我趕緊擺手，夠了夠了。

珍妮花一笑，坐了下來。

你都不吃東西的？珍妮花主動地說，都沒有你喜歡吃的東西？

我有吃我有吃。我趕緊說，這麼多吃的，我都有點選擇恐慌了。

是啊我也是這麼想的，自助餐會多點選擇，珍妮花說。

我在心裏面想那個一直送來特別餐的廚師又是怎麼回事，但我沒有說出來。我說的是安德魯暑假回來嗎？

不回。珍妮花說，下個月我們過去看他。

學費超貴的吧，我又說。說完我想起來我又不要跟珍妮花談孩子，我不是要跟她討論人類處境嗎？

還好，珍妮花說。

簡妮換了個學校，我主動地說。

哦？珍妮花說，習慣嗎？

還好。我說，就是沒有午餐，我都是在網上給她叫午餐，有時候送錯，有時候送晚了，她就不吃飯。

像你，珍妮花一笑。

我給她送過一次星冰樂，站在學校的中廳等待下課，旁邊就是午餐供應商送來的泡沫箱子，裏面只有兩三個盒飯，那些孩子都不吃中餐。一台自動販賣機，只賣薯片，簡妮有半個學期都拿薯片當午飯。

她吃不吃你都給她訂。珍妮花說，也許有一天就吃了。

那間供應商後面也不送了，他們自己說不送了，可能虧本。

安德魯以前上的那間有三四個餐廳，會多點選擇，珍妮花說。

我就關心吃飯。我說，吃飯吃成這樣，五十萬債券，怎麼好意思收的。

珍妮花笑笑。

安德魯那間三百萬吧？我說，要十五年前，我根本就難以置信。

還有六百萬的。珍妮花冷靜地說，就是這樣。

突然很安靜。

又望了一眼露天位，酒醉飯飽，一位貴婦，穿了一件 blingbling 的短皮革，下身一條深紫緊身褲，上半身與下半身之間，一條明顯的隔離。一隻一百萬的喜馬拉雅，端坐在桌旁。

我還以為你會珠光寶氣地來。我扭轉頭，笑著對珍妮花說。也許是酒意，也許是酒意給了勇氣。

我什麼都不戴的。珍妮花説，我現在過得很簡單。

我看了一眼她的沒有logo的牛仔褲，沒有logo的高領衫，可是手腕間隱隱約約的那隻百達翡麗，也要一千萬吧。

一千萬，一塊錶，一個遊艇會的二手會籍，一個鄰居潑水又鬥法的小毫宅，我的數學真的從來就沒有好過。

昏黃水晶燈下，我和珍妮花擁抱，説再見。

一個隱密的木質小門，通往地下停車場的電梯口，我突然想起來問她，那個人還在嗎？

什麼人？珍妮花困惑的臉。電梯門關上了。

什麼人？珍妮花又問了一聲，那一聲跟隨著電梯落下。

○○○○一次出遊

凱莉想跳車，可是車廂封閉，巴士正在經過大老山隧道。右手隔了行的一個女人投來同情的一眼，僅此而已。

凱莉從起點站上車，上層第一排已坐了人，凱莉坐到第二排，靠裏。開車前來了一個女人，坐到凱莉旁邊，開始唸唸有詞。

凱莉不敢看她一眼。

鄰座吟誦的聲音源源不斷傳來，像老鼠吃到犀飛利銀芽脆麵，吃吃，吃吃。漆黑，細長尾，綠豆眼的那種大老鼠。可能是AIA的保險條款也可能是保誠的，或者普通話一級測試試題，考過就有執照，教港人普通話，一個鐘五百塊。

凱莉聽不分明，又實在被干擾，車過兩站，凱莉說了抱歉，站起來，坐到前排。老鼠女人突然放聲朗誦，吃吃吃，吃吃吃。前後三排的人都抬眼望了一望，各自收回。人人有耳機，耳機是屏障。

前排是一個肥佬，兩人位佔了一人半，還有一個鼓起腰包，又佔了一半。凱莉坐了一個角。心

動過速。肥佬在看韓劇，一邊看一邊做筆記，黑色墨水筆，已寫滿了半張紙。

凱莉不敢看他一眼。

韓劇佬的筆掉到了地上，馬上撿起，又掉，又撿，三次，不止。腰包在凱莉腰間蹭了又蹭，凱莉慶幸自己還有腰，有幾次腰包還蹭不到她的腰。

春天的時候凱莉認識了一個男人Q，夏天的時候他們第一次接吻。嘴唇冰冷，沒有人感覺到溫度。

凱莉不敢看他一眼，即使是接吻。

他們試了第二次。可是確實接吻也如此無情。冰冷，感覺不到溫度。

我有潔癖，Q說。Q就是這麼說的。

凱莉什麼都沒有說。

他們不大見面，春天到夏天，四次還是五次？也許並沒有超過三次。

第一次他們走了很多路，第二次也是，第三次也是。

第三次，我們現在知道是最後一次，他們不知道，當然我們也不知道最後會不會最後一次，沒有人知道。

一次出遊。

從港大出發，到山頂。沒有人是港大的，Q不是，凱莉也不是。他們只是在港大會合，然後一起出發。三級台階凱莉便有些後悔，忘帶去蚊水。台階兩邊郁郁蔥蔥。

突然下雨，幸好凱莉帶了傘，沒帶去蚊水卻帶了傘。可是也沒有打開，帶了好像沒帶的傘。小雨。許是濕了衫，Q的背很寬。

凱莉呼吸困難。總是上不來氣，上不上山氣都上不來。如果不是Q，凱莉不會上這一次山，平地走路都會喘的女人。下過了雨又特別悶熱。

到了一塊小平地，凱莉喝水。Q說他不用。

現在在山的半腰，要麼再上，上到山頂，要麼下去，回到港大。

凱莉突然想跳崖，可是無崖可跳，只是一座不高的太平山，而且在山腰。按照香港人的說法，半山，富人都住半山。那麼最富的人，住山頂？凱莉就是這麼想的。

凱莉喝了水，走前幾步，拉住Q的手。他讓她拉他的手。兩個人就手拉著手，停了一下。

看到一些樓頂，樓頂都是破的，富人的樓頂也是破的。還有一個網球場，凱莉說她可以打一點網球，實際上她不能，她呼吸不好。Q說他不打網球。

很多人帶著大狗經過，凱莉完全沒有注意到，凱莉注意Q的手，也很寬，足夠包住凱莉的手。凱莉想像如果上床，Q覆蓋她。凱莉伸出另一隻手，捧住Q的臉。Q沒有動。

天大的傷感。

如果我們能夠看到那兩個人，會看到兩個拉著手的人，可是身體之間很有距離。

兩個人很緩慢地走了一段，轉了個彎，又到一塊小平地。凱莉看到一些水泥洞，洞裏插著塑膠花。凱莉沒有鬆開Q的手。更多的人和狗經過他們。

再走一段，突然就有了一道瀑布，水流很急，聲音很大。凱莉第一次在香港看到瀑布，如果盯著瀑布看，盯著看，就會忘了自己在香港。Q也看了一會，兩個人都沒有拿出手機來拍。顯得不是第一次看到，而且以後還看得到。

凱莉說下山吧，不往上走了。Q說如果是這個位置，他不知道怎麼往下。但是好吧，有路就能走，最後總能走下去。

漸漸就沒有人了，一條大路，樹蔭都沒有。手拉著手。一個瞬間，凱莉想要和Q有一個明天。心底生出一股暖流。

就到了香港公園。花花草草，一間紅磚房，凱莉依稀覺得那裏就是婚姻登記處，又不確定。想起來有個朋友來香港結婚，可是不告訴她，也沒邀請她，如果去過就能夠肯定了。凱莉沒有去過婚姻登記處。

一對新人從面前經過，婚紗有點髒了，可還是白的。凱莉略抬了一眼，南亞裔，只是樣貌有少少差異，於是凱莉覺得「人類的悲歡並不相通我只覺得他們吵鬧」這一句是錯的。

你看過《人與自然》嗎？

嗯。

北極熊在春天的時候越過已見薄的冰面，沉重的呼吸噴出薄霧。

母熊嗎？

公熊，沉重的呼吸噴出薄霧。

牠餓嗎？

牠要狂奔。

這是凱莉與Q在一個春天夜晚，兩個人第一次見面，有沒有兩分鐘？可能還沒有。

你可以嗎？凱莉在第一分鐘問。

可以。Q在第一分鐘答。

我不可以了。凱莉說，我靠想像。

看著不像？凱莉又說。

這還能從長相上看出來？Q說。已經是第二分鐘了。

可以，凱莉說。她在第二分鐘的時候也說了可以。

你看過《人與自然》嗎北極熊在春天的時候越過已見薄的冰面沉重的呼吸噴出薄霧。公熊沉重的呼吸噴出薄霧。牠要狂奔。Q說的。

高級。她說高級。這個時候已經是第三分鐘了。

絕望。Q說。Q在第三分鐘說的詞是絕望。

特別虛無。Q又說。

如果這樣的對話對到一萬字以上，誰都不想做了。

對死了。

我們在這裏可以看到，兩個人都不追求身體了。可以做。可以不做。那就不是絕望了。有足夠的慾望，但是身體沒有，這是絕望。如果繼續，要有動機。推演。自發性知覺經絡反應。區別於性喚起。可以試圖通過實際接觸來觸發一下。

我們要想一下。

可能凱莉沒有了，Q也沒有了。

一點都沒有就不會湊到一起了，怎麼還去酒店？

可能凱莉只是想再掙扎一下，再證明一下。

一點都沒有了兩個人都不會去的，也都知道結果。
情感征服一下？脱離肉體的。對身體的反應也沒有那麼在意，也不激烈。
可以這樣：兩個人的目的都是要做，但要通過對話對出必要和意義。
一點點調情？高級一點。
試圖調，但是也很僵硬。絕望地調。
先別做了。
來都來了，還是要做完吧？最起碼都有一個目的。
對死了。
等我們構築好女性視角以後再來繼續好了。
凱莉想的是如果這樣的對話對到一萬字以上，誰都不想做了。
他們最終沒有做。身體很有距離。

接吻是在夏天，星光大道，兩個人靠住欄杆，對面是港島。身後許多人，人走過來，人走過去，他們試圖接吻。冰冷，沒有人感覺到溫度。剩餘的盛夏，無風的夜晚。
這一次，港大出發，卻落在香港公園，像要對戲，卻是真的。
不確定的婚姻登記處，確定的婚姻。
兩個人都繞過了紅磚房，繞過了魚池，繞過了噴水池，繞過了香格里拉酒店，下電梯，金鐘地鐵站口告別。
一路上兩個人都手拉著手。

最後鬆開手的片刻，凱莉說，抱抱我吧。

Q略一遲疑。但是伸出了手，以一個非常僵硬的姿勢。

凱莉想的是，應該給Q吃一顆藥，出來之前就吃。

我為什麼要吃藥？Q問，什麼藥？

我聽一個朋友說過一個故事，凱莉說，很久以前了，還沒來香港以前。

我那個朋友無業，跟另外一個朋友合租，他們有兩台電腦，可以打遊戲，他們經常一起打遊戲。有一天，朋友的朋友想去找小姐，為了更划算一些，他吃了一顆藥，然後就出發了。那是一個冬夜，挺冷的。他一邊走一邊等待，等待藥力揮發出來的那一刻。但是不知道為什麼，可能是太冷了吧，所有的地方都關門了。所以最後藥力發揮出來以後，他邁著艱難的步子，到處走，到處找，到處找，到處走。那個冬天實在是太冷了。

實際上Q什麼都沒有說，當然凱莉也什麼都沒有說。這兩個人在現實中的對話，從來不超過一句。Q入了閘，凱莉也轉了身，要去搭巴士。凱莉一般都搭巴士，凱莉不大搭港鐵，撞變態的機率會小一倍。

巴士過了大老山隧道，車廂突然明亮。凱莉眯了眼。還有一道海底隧道，又亮又暗又亮的車廂。每天返工的路。

凱莉提早了一站下，忍得辛苦。

先在熊貓**APP**下了一單**M**記外賣自取，出過單才記起上車前已買了個鳳梨油。只能將鳳梨油做午飯。

落車經過老鼠女人，餘光瞄到一個綠色書包，安坐在她原先的座位。凱莉急忙忙下台階，有些腿軟，再一級台階，落到了地面，再抬頭望一眼巴士，老鼠女人正從視窗瞪她。

凱莉心裏一虛，低了頭。巴士竄了出去。

天陰陰，似要落雨，若沒有今天的事，往常落車的站下，樓群裏穿行，落雨也是不怕的。現在先要走去M記拿餐，如果中途大雨，只能認了。

早先走過這條路，許久不走了，所幸路還記得。經過一排露天茶餐廳，一個花臂女人，最靠外的一張膠椅，一碗餐蛋麵，一支煙。花臂，還背心，臂才顯得特別花。

凱莉不敢看她一眼。

路面比先前髒了許多，每一步都走得後悔。

穿過一人身量的窄巷，出到一條小街，穿過小街，又是一條。突然落下一道空調水，正中頭頂。凱莉早上才洗的頭。雖然也只有她自己知道，剛洗的頭和閃電般掉落的空調水。

M記的早飯最難吃。

天文台掛三號風。

凱莉被經理叫了去，中午一點她發了朋友圈，唸三遍三號變八號三號變八號三號變八號。忘了屏經理。

下午四點，三號改掛了八號。大家下班。鳳梨油還在包裏，壓得扁平，像一張紙。

○○別離

我同你講。她說，要講人生的大起大落，沒有人比我體會更深了，簡直就是搭過山車。

聽到這一句，我轉頭看了一眼，坐我後座的這位。看不到她的臉，只看到坐在她對面，另外的一個女的，平平無奇的臉，我再把頭轉回來就馬上忘了那個女的的長相。

我一直在想。她說，再過個二十年，我要找個作家把我的這一生都寫出來，我要出個自傳。

為什麼二十年？

如果我是坐她對面的那個女的，我肯定會問。可是那個女的沒有問，那個女的正在埋頭吃冒菜，一句話沒有，跟我一樣。

誰來同我比命苦？沒有人比我更命苦。她說，我叫什麼？我叫愛雲。我大姐叫愛花，我二姐叫愛月，為什麼我們姐妹的名字起成這樣？生我大姐的時候，愛花，愛中華嘛，二姐，月，我，雲，什麼意思？就是將來都隨月隨雲走掉嫁掉的意思，只要沒生出一個男孩，我媽就會一直生。

那麼最後有沒有生出一個男孩呢？坐她對面的女的沒有問，那個女的一直在吃，一點聲音都沒有。

我下面，又是個女的，她說。

我歎了口氣，我沒歎出聲音，我在心裏面歎。

三個月的時候，家裏決定把她送人，實在是窮嘛，養不起了。她說，接的人到了門口了，我媽說，我要再給我女兒換一次衣服，我媽進到屋內，發現她身子已經涼了，死了。村裏的人都講，是這個女娃不願意離開這個家，所以就死了。

最後生出男孩了沒？我想問。

我弟生出來的時候，一身病，她說。

我不由鬆了口氣。

為什麼呢？因為那個時候抓嘛。抓到好幾次了，都被我媽跑了。有一次都抓到手術台上了，我媽還是跑了，跑到我外婆家，山上一個山洞，白天就躲在那裏面。到了晚上，再從山洞裏爬到我外婆那裏，隨便吃點紅薯什麼的，又在天亮前爬回山洞。就這麼把我弟生出來的。營養不良嘛，又擔驚受怕，加上山洞潮冷，我弟就一身病嘍。

聽到這裏，我把我碗裏的最後一塊青筍咽了下去。

我一九九三年到深圳打工。

那我一九九三年在幹嘛？我想了一想我自己，好像也沒幹什麼。

我一九九三年到深圳打工，三個月就認識了我那個老公。我老公對我好啊，我公公婆婆對我更好，從香港過來，帶了一箱子全是給我的，給我姐的，給我弟的……我公公婆婆是真的待我好啊。

我馬上就同我老公結婚了，生了個兒子，又生了個女兒。

如果我是坐她對面的那個女的，我一定會講，那你很好命啊，為什麼要講命苦。

我真正的苦日子就是從我結婚後開始，她說。

渣男。我的腦海裏就浮現出這個詞。

他倒不是個渣男。她說，他就是好賭。

賭什麼呢？我想問。

賭馬賭球，什麼都賭。她說。

我阿爸也好賭。坐她對面的女的終於說話了。

我老公賭錢賭得，一出糧就拿去賭，工資賭光了，信用卡爆了，到處借。她說，還借高利貸。

我阿爸都把我輸給了廠長家的傻兒子。坐她對面的女的又說了一句。

我是結了婚才知道的啊。她說，結婚前我不知道啊。我就是覺得他家的條件好啊，我公公做生意，有個公司，他弟移民英國，他自己，也有穩定工作，還是個主任呢，大集團的倉務主任。我公公婆婆替他補東補西啊，那個時候。我到香港了以後才知道，我之前都是不知道的，我完全不知道。

我幾幾年到香港的？一九九七年。

那我一九九七年在幹嘛？我想了一想我自己，還是什麼都沒幹。

我一九九七年到了香港，我老公賭錢，錢全輸光，我帶著我兒子，過的那個什麼日子。馬上我公公的公司又被人騙，倒了，沒有人替我老公還賭債了。

我不要嫁給那個傻兒子。坐在她對面的女的説，我就跑了。

那時候我們還有個房子住啊。她説，雖然老公賭錢。可是過了幾年我老公的弟弟回流香港了，跟我們一起住。住著住著，他弟跟他哥講，這個房子太小了，不好住，不如換個大一點的，買賣舊樓新樓他弟一手操辦啊，就換了個大的。沒過多久，他弟講要結婚，把哥哥一家請了出去。合法的啊，房子是他弟名字。就這麼，把房子騙走了。

我一到深圳。坐她對面的女的講，我也被人騙了，把我身份證拿走，關在一個小黑屋裏，幾天幾夜不放我出去。

我就開始了東奔西走替我老公還賭債的日子。她説，有時候黑社會半夜找上門來，嚇得我女兒嗷嗷哭啊。那時候剛生了我女兒，我女兒就是嚇到驚恐症，從小到大，一直驚恐。我兒子問題更多了，什麼專注力缺失啊，語言障礙啊，自閉症啊。那些年啊，我就整天忙這些個事，經常就要抱著女兒拖著兒子看這個醫生，看那個醫生，還要跟社工談。

跟我關在同屋的有個女的不聽話，被他們打啊。坐她對面的女的講，我嚇得都不敢出氣，可是我也想好了，要他們也逼我出去賣的話，我就去死。

我姐那個時候在北京打工，跟我講，離開這個老公，帶著小孩去北京。我動心了，可是一打聽，一個孩子要十萬塊借讀費，因為沒有大陸戶口嘛，兩個孩子二十萬，我哪裏來的二十萬。而且要在香港，看那些個心理醫生，還有社工，都是不要錢的。我就沒去。

我跑了，我説我要買女人用的東西，必需品，他們派了兩個人跟著我，我也跑成了，我身份證都沒要。坐她對面的女的説。

那天，我帶著孩子回老家。我出發前把我老公的銀行卡、信用卡，全部都鎖了起來，才出的門。一路火車倒汽車，又走了幾十里路，剛到娘家，還沒坐穩，電話來了，說我老公跳樓了。

為什麼跳樓？我都忍不住想扭頭去問她。

我一出門，他就把抽屜撬了，拿到了卡，又去賭，一天之內，把所有的錢又都賭光了。我出門的時候跟他講的什麼，我講的是，如果你再賭，我就帶著孩子們永遠離開。

所以他跳樓了？

所以他跳樓了。

我鞋都沒脱，直接汽車倒火車，回香港，伊利沙伯醫院，急診室，他的頭哦，腫得三倍大，跟個豬頭一樣，渾身都插滿了管子。醫生跟我講，九樓，整個人都是直接到了地面上，這個腦子，肯定是摔得豆腐渣一樣了，即使醒過來，也是個植物人了，而且那個四肢，手腳，也一定是全部要切掉的了。

醫生這麼講話的？

可能原話不是這樣，但就是這個意思。她説，我就坐在急診室的外面，一夜啊，我也不知道我怎麼辦才好了。那個時候我去教會了嘛，我教會的姐妹都幫我禱告啊，我也禱告，然後我突然就知道，我老公不會死了，而且我老公不僅不會死，還會好起來。我就是這麼相信的。天亮的時候我老公的弟弟來了，他跟我講我老公有買保險，保險可以賠點錢，還有我老公的公司也會給錢，算一下，能賠到七八十萬呢。我就跟我老公的弟弟講，你哥不會死的！他們都當我神經病。醫生也當我神經病。我跟醫生講，不切四肢，除了不切手腳，隨你們怎麼救。

你老公被救活了？

活了。她說，幾天就醒了，幾個月就能坐起來了，再過幾個月能撐住拐杖學走路了。所有的人都講是一個奇跡。

怎麼救活的？我都想插個嘴問她。

從兩邊大腿那裏取了個什麼小的骨頭再換到什麼要緊的地方。她說，這個我後面會講到。可是到底是斷過手斷過腳的人，這個人，也跟以前是不一樣的了。

可是終於不賭了吧？坐她對面的女的問。

賭是不賭了。她說，可是他抑鬱了。

我剛剛到香港的時候。坐她對面的女的說，我也抑鬱。

我講的是抑鬱症。她說，有症狀的那種。

又自殺了？

這倒沒有。她說，他後來沒有再自殺。可是比真自殺還嚴重的是，他每天都講他要去自殺。

講講又不會死。

可是折騰身邊的人啊。比如這種，他會跟我女兒講，我去死了啊。就走出了家門，到了樓下，又給他自己的父母打電話說，我去死了啊。所有人都出去找啊，我去找，我教會的姐妹都去幫我找，有時候就在公園找到啊，他躺在地上，有時候就在公廁，他也躺在那裏。那是一種什麼日子啊，就是我每天一睜開眼，都不知道今天會發生什麼事，他會不會又跑出去，我又會在哪裏找到他。

苦了小孩了。

我兒子本來就一堆問題，看各種醫生。她說，我女兒，生出來的時候健康的啊，都整成驚恐症了，她爸一跟她講去死，她就整天整夜地睡不著覺。所以，所以我感恩上天啊，我的現在是如此地幸福和美滿，我吃了那麼多的苦，可是上天可憐我，終於給了我一個好結局。

是不是他永遠走丟了？我又想插個嘴，再沒找回來過？

就是那一天。她說，那個半夜，大家又幫我找了半宿，我記得清楚啊，一個姐妹，坐在我家的那個沙發上，跟我講，愛雲啊，真累啊，我們也都很累啦。我才意識得到，我不僅僅給我自己，我給別人，也造成了多大的負擔啊。

我吃完了我的冒菜，開始喝菜蜜。菜蜜有些涼了，但是甜味能解辣，也能讓我把別人的故事聽完。

我是終於明白過來了，這個老公，是真的指靠不上了。那是我最最苦的一段日子啊，我整日整日坐在家裏，不知道怎麼辦。是我女兒，我女兒跟我講的，媽媽，你要找事做啊，你要做事才有收入啊。你說我也真是，這麼一個常識，要孩子來跟我講。我就想，對的，我要出去做事。正好也是一個什麼機遇呢？一個姐妹請我幫她的子女補習普通話，一個鐘給我二十塊。我說我這個口齒不清的，我哪有這個能耐，不要把你的孩子都教壞了，姐妹一定要我教啊，我就硬著頭皮上了。

我也想過的，一到香港的時候，我也考那個普通話證書。坐她對面的女的說，但我也是口齒不清的，我就沒去學。

你說我這個也是老天的安排吧。她說，我那個時候不捨得買報紙的嘛，那時一份報也要五塊錢，我不捨得買啊。

現在十塊錢。我在心裏面說，還加送一包紙巾。

我那個時候連五塊錢的報我也不捨得買的嘛。她說，那天，我就是搭巴士，座位上一份別人扔掉不要的報紙，我一打開，就看到一個普通話課程的廣告。我跟別人講，我那些姐妹好多是做小學老師的嘛，她們都說來不及的了，要報名都是要提早報的，下個星期就開課的班，不會收你的。我就想著試試嘛，我按照報上登的電話打過去，他們叫我第二天就去面試，我，我趕上了那個班！而且我遇到了一位好老師，這位元老師禮拜天都會約我去茶樓，一邊喝茶一邊糾正我的發音，我考到了我人生的第一個證書。

我也喝完了我的最後一口菜蜜。

我一邊上課，一邊教，姐妹又為我找到了更多學普通話的小孩，一個人二十塊，你算算看，二十個小孩，我一個鐘就能掙到四百塊。

現在的價格是一人八百塊。我想說的是，就算是今天來掙這個錢，也挺多的。

但我也不能止步於教普通話啊。她說，後面我又去修教育文憑，我把所有我能考的牌都考了。

我很快地在腦海裏迴旋了一下地產經紀牌、保險經紀牌……

所有的牌，我都考了。她說，後面我又考了地產仲介和保險，我要提一下我阿爸，我阿爸叫我買樓，那是二〇〇三年。

我想了一下我的二〇〇三年，二〇〇三年我什麼都沒幹，我當然也沒買房。

我阿爸叫我買樓。她說，我手裏有當年我老公跳樓以後保險賠的一筆錢，還有我老公公司給了一筆錢，因為他們把他給炒了，為什麼炒他？因為他抑鬱症越來越嚴重了，他坐在公司上班，都是整日整日地發呆，也會去同他的同事講，他要去死，他們當然炒他了，也借著公司要被大集團收購的由頭。我拿著這些錢，買了我人生的第一個樓。

聽到這裏，我覺得我還可以再坐一會兒。

買了一個樓，我阿爸還叫我買。她說，我都說我沒錢了，我阿爸說，我給你錢，你再問銀行借，再買，我姐也借給我錢，我家裏人都借我錢，讓我買樓。買了第二個樓，我真的一分錢都沒有了，連裝修的十萬塊都拿不出來。所以我說老天對我好啊，我認識了一個女孩子，這個女孩子是被她自己的親媽拋棄了的，她親爸也不要她，她十幾歲被帶來香港，寄住在一個姨母家裏，可是又很苛刻她，不許她用這個不許她用那個，甚至不許她用廚房，每個月還收她三千塊房租。她主動跟我講，姐，您別犯愁，您裝修的錢我來跟銀行擔保。她那時在一個便利店打工，她替我弄到了裝修的錢。我把兩個樓都租了出去，月租八千，三年就回了本。

聽到這裏，我替她算了一下，還不是三年回本的計算方法，三十萬買的樓，不用三年就能三百萬賣掉，兩個樓就是六百萬，如果再買新樓，再賣了新樓再買樓，真算得上是樓滾樓。

我阿爸講的，兩個樓收租一萬六，還是不夠啊，你還有兩個孩子呢，你那個老公又指望不上，你還得買樓。我就賣了一個樓，那時已經漲到三百萬，我就用那三百萬，換了個大單位。你想想，我阿爸一個農村的老頭，他竟有這個買樓的意識。

那你不是命苦啊，你這就是命好啊，坐她對面的女的說。

可是做房東也不好做啊，那幾年，我也沒少跟地痞流氓扯皮，甚至我還找過黑社會。你想想可笑吧，當年我老公賭錢，黑社會來堵門催債，大的叫小的哭，後來房租給了不肯交租的賴皮租客，我又找黑社會來堵門催債。黑社會找我的麻煩，我又找黑社會解決我的麻煩，你說好笑吧。有個馬夫，看著白白淨淨，當然了看樓的時候也不知道他是個馬夫，這個真看不出來的，就只交了一個月租，後面就是一直賴住著，趕都趕不走。我半夜堵他好幾次，都是堵不到，即使房裏有人，他就是不開門。有一天早上，終於給我堵到了，一開門，一屋子光溜溜的小姐啊，這裏躺一個，那裏躺一個。你說你們睡覺怎麼不穿衣服的？

這都不是一個睡覺穿不穿衣服的問題了好吧。我都想說。

馬夫把我推出門外，我用腳掌擋住個門，他竟然也照樣關門，我一吃痛，縮了腳，門關上了，怎麼敲都不開的了。我只好報警，我腳受傷了嘛。員警來了。幸好員警來了，一見到就說，怎麼又是你們這夥人，呃了那家又呃這家！原來啊，他們就是到處騙住的，這一帶的房東，都被他們騙遍了，員警都認得他們了。真是多謝員警啊，員警跟我講，你現在叫人來換鎖。我還在發懵，也是員警跟我講，你把他們的東西都拿出來。我就去把那些東西都拿出來啊，都堆了一個樓道。就這麼，才把賴皮趕走了。那些年啊我就忙乎個這些事。後面我就把小單位都換了大單位，只留了個小單位，給我老公住。

你們分開住了？

是啊，他整日整夜地說要去死。一搬出來，我女兒的驚恐症都好了。所以我講老天對我好啊。

埋單。我招手。老闆娘親自走過來了，小店新開，您覺得味道怎麼樣。

我一時也懵住了。還行吧，我說。老闆娘看著我。挺好的，我又補了一句。

我老公死了。聽到後座傳來這麼一句。

我想再要一罐芬達，謝謝。我說，有芬達吧？

有有有，馬上就來。冒菜店的老闆娘轉身去拿芬達了。

那時他做夜更保安。她說，雖然還是日日講要去死的話。因為痛嘛，怎麼會不痛呢？他斷過手斷過腳的人，肯定這裏痛那裏痛的嘛。他就要吃止痛藥，醫院配的止痛藥都不夠他吃的，我那個時候啊，都得替他去買藥，這裏買那裏買。因為不能只吃一種，一種，吃幾天就不止痛了，就要換藥。我整天就是替他買止痛藥。

那麼到底是因為太痛又去自殺了？還是因為有一天就吃了過量的止痛藥？我看著面前的那罐芬達，實際上我最討厭芬達了。

那一天，我接到電話，他就這麼直接倒下去了，他們送他去醫院，又是伊利沙伯，我趕到伊利沙伯，那一天，真的好像他跳樓的那一天啊。但是那是一個週末，週末沒有醫生的嘛，只有一些學生啊實習生什麼的，為什麼？公立醫院嘛，公立醫院的醫生週末都不上班，要等到工作日，才有醫生，他捱到禮拜一的凌晨一點，走了。

那麼到底是因為吃了過量的止痛藥？

後來他走了我才知道，他不是以前做過手術的嘛，就是從兩邊大腿那裏取組織再換到別的地方什麼的，他的大腿骨那裏，後來長了個瘤。那個瘤越長越大，壓迫到神經，就痛啊，那真的是很痛啊現在想想，所以痛到想死嘛。那一天，那個瘤破了，瘤破了毒走出來了，到處走，走到全身，他就，死了。

歎一聲息，可是這聲歎息，聽起來又是輕鬆了許多的。

之前再怎麼鬧，怎麼折騰，我到處替他還債，補他的賭債，天天以淚洗面，我都是沒有想過要離開他的。她說，我要哭也是一個人躲到洗手間哭，擦了眼淚再出來，不讓孩子們看到。我怎麼可以離開呢?醫生講他是有病的嘛,他跟其他賭博的還不一樣。別人賭輸了,也許換一個賭,他啊,他一直一直盯著一個東西賭,一模一樣的東西輸了,他還一直一直買;買到死的那一天,他也不會換一個賭法,換一個東西賭,所以他就是病啊。一個病人,你說我怎麼跟他離婚?我不離婚的嘛。

所以只能等到他死。我喝了一口芬達,滿口甜味,甜到盡,卻又苦起來了。

所以講這一世夫妻,為什麼是這個人做了我老公?老話講前世不欠,今世不見,就是前世的虧欠嘛。什麼時候還清楚,什麼時候散,這一世還不清楚,下一世繼續還。

那麼這就是終於還清了。

我老公死了以後,我又找了一個,她說。

我喝了第二口芬達。

我本來也不想找了。她說,你說是吧,吃了這麼多苦,我就是自己心裏想一想的啊,我心裏想上天能夠賜給我一個好老公就好了。我一直都是照顧別人,從沒有人照顧過我,我只想找到一個能夠照顧我的男人。但是可能嗎?不可能啊,我都這個年紀了,我這個年紀的男人,都要找年輕的,再老一點的男人,要麼離婚了,還有孩子要照顧,要麼就是未婚,那麼還要我給他生孩子?我都四五十了,我還生孩子?我就想要一個沒有老婆的,也沒有孩子的。想完了這些,我都罵我自己,我這是太貪心啊,這樣的男人,哪裏有?

再老一點的男人也是要找年輕的,我在心裏面想。我不想再喝第三口芬達。

然後就真的有一個男人,各方面條件都符合我要求的,突然就出現了,沒孩子,前面的老婆是得癌症死的,還是一個公務員。這個男人真的對我好啊,體貼我、照顧我。我這一生,知足了。

坐她對面的女的，自從說了那一句「你這就是命好啊」之後就再沒說過話，全是她一個人在講，講了這麼一個故事，還要出自傳？還要再過二十年？

為什麼還要二十年？現在就可以出了嘛。不過也要看找的作家，有的作家可能真能給你拉出一個自傳書來；有的作家，也就一個短篇小說的水準，肯定還七千字還不到。我在心裏面想，我這是這麼想的。想完，我走到門口去買單。

味道怎麼樣？給點意見啊。老闆娘笑吟吟地說。

挺好的，我說。老闆娘看著我。

不是我想像的那麼辣。我只好補了一句，說，是一種我能夠接受的辣。

就是嘛。老闆娘說，其實我不是做冒菜的，我以前是做私房菜的。我那個時候啊，一天只做一桌菜，有人跟我講，一個人兩千塊，收得太貴了吧，我就說，我這個花下去的心思，我光是冷菜都是要做十二樣的。

不貴不貴。我趕緊說。

所以我的冒菜，跟別人家都是不同的。老闆娘說，我連豆皮都是自己做的，不是外面買的速凍的。

我沒點豆皮，我說。

我下次來點，我又補了一句。

下次再來啊，老闆娘說。

好的好的，我說。快步走出門外。

其實我是個舞蹈老師。老闆娘最後又追過來一句，我來香港前一直都是跳舞的，但我來了香港，我十八歲來的香港……

要不是超出了七千字，我就走回去聽一聽她的故事了。

下次再來，下次再來。我只好也追過去這麼一句，下次來我一定點豆皮。我就是這麼說的。

○○ 炸兩

有人給簡做了個題：你去到一個森林裏，看到的第一個動物是什麼？她說兔子。然後你再往前走了一段，又看到一個動物，你覺得是什麼？簡說是老虎。

你看到的第一個動物是你自己。出題的人說，第二個動物是你老公。

你就不像是隻兔子嘛。文惠說，我看你倒像隻老虎。

簡笑笑。

吃什麼？文惠說，炸兩好不好。

我都行，簡說。

實際上簡和文惠從來沒有一起吃過飯，也許有過一次，家長們在校門口碰到，臨時約了喝茶。簡不參加，簡不會講廣東話。但文惠邀請她，簡就去了。

簡和文惠是在一年級新生的第一次學校旅行認識的，去迪士尼樂園，旁邊的一個湖，而不是去

迪士尼。簡在心裏面想這就是本地學校的操作吧。

在學校選擇方面，簡一直都有點茫。簡清晰地記得，剛到香港的那一天，坐在空空蕩蕩的房子裏，簡發了半天的呆。也不是說房子有多大，而是由於新到，窗簾都沒有，就顯得房子特別的空，後來放了一張皇后床，又都滿了，轉身都困難。簡清晰地記得，先生下班回家，用兩根棍子，把一張床單掛在了窗口當窗簾，還掛歪了。

第二天一早，簡坐在房子裏唯一的一把椅子，電腦放在膝蓋上，從網上找離得最近的十間幼稚園，一個一個地打電話。

第一個打的當然是樓下的國際幼稚園，既然是新入伙，學校也一定是新校。電話打過去，對方講全滿了，放你們在等待名單。簡說我們不會講廣東話，如果你們不收，我們就得去講廣東話的本地幼稚園，小孩會有適應的問題。實際上簡講的是簡的問題，簡不會講廣東話，簡有適應的問題。對方堅定地說，你們在等待名單。簡又問了一句，請問第幾位？第17位，對方禮貌地答覆。

簡後來問比自己早到香港三個月的芬妮，英文學校不酌情考慮英文學生，那麼他們開設國際學校的意義又是什麼。

芬妮講你帶你女兒去過迪士尼吧。

簡點頭。

芬妮講香港迪士尼的演出廣東話唱的你聽得懂吧。

簡說不懂。

芬妮講，所以是香港迪士尼嘛，你去東京迪士尼，全日語，你更不懂。

只好看字幕。簡說，但在東京看字幕也正常，在香港也要看字幕，感覺不好了。

那你學啊。芬妮說，趕緊學，天天看 TVB，三天就七七八八了，至少買個菜沒問題。

簡三個月都沒聽懂。

簡又給兩間本地幼稚園打了電話，對方一聽到她的聲音就說 FULL 咗（全滿了）。

簡打第五個電話的時候突然就講了英文，對方很得體地說，我們還有一個空位，您明天就可以來看看。

那是一間本地國際幼稚園，也就是說，又本地又國際。國際和本地分開兩個班，國際班英文老師，本地班廣東話老師，國際班比本地班更貴一些，但兩班時間一樣，十點上學十二點半放學。沒有午飯，如果要吃午飯，再加錢。

簡毫不猶豫地接受了。

過了許多年路過那間幼稚園的時候女兒還跟簡講，老師叫她坐了三次思考椅，她的心都碎了。

簡相信再過多少年女兒都不會忘記那把椅子。

簡也沒有忘記那把椅子。

第二個學期，簡找到了另一間幼稚園下午班的空位，開始了一條頗具特色的上學路。上午就在本地國際幼稚園，中午接了趕緊換校服，塞幾口午飯，送到另一間幼稚園上下午的課。

簡在兩間幼稚園都遇到頗具特色的家長，上午校有個小孩老打其他小孩，終於有一天打了簡的女兒，簡思來想去，要不要找那位家長談一談？那位家長主動找簡了，校門口攔住簡，說，我家孩子就是凶，她在家也凶，大家都知道的，這就是一個事實，我們全家和學校也都接受了這個事實。簡一句話說不出來。下午校地鐵站出來還要走一段，大概十五分鐘的步行路程，碰到另一位家長，一起走了兩天，第三天，那位家長一見到簡，就簡單跟簡說，我返工遲啦！再見！一路小跑，跑了。簡一句話沒來得及問，只能把那個小孩也一起帶到了幼稚園，不帶就是不負責任，帶了又負不起這個責任。那一陣子，簡每天都過得像拍戲。

後來上小學，就上了一個本地小學，既然幼稚園沒上到國際，就接受政府派位系統，一路上本地。

簡和文惠就是在小學認識的，一年級新生的第一次學校旅行，去迪士尼樂園旁邊的一個湖。一個湖，確實沒什麼好看的。簡一個人晃來晃去，太陽很旺，家長都聚集到一個涼亭，簡猶豫了一下，走了過去。一個空位，正要坐下，一個家長看她一眼，把包放到那個位，說，有人了。簡走出涼亭，太陽越來越旺。

文惠就是在那個時候出現的，簡後來想想，文惠也沒有說什麼，只是陪著她走了一圈，大太陽底下。後來文惠邀她一起喝茶，簡也就去了。一桌家長講學校的事，講小孩的事，簡想先走，又不好意思。捱到文惠叫結帳，簡給文惠錢，文惠說她請，簡執意要給，文惠說下次，下次你來請。

這下一次就到了十年以後。文惠突然約簡喝茶。

點什麼？文惠說，炸兩好不好。

我都行，簡說。

文惠點了單，問簡，這些年你還好吧？

簡說還好。

女兒呢？

簡說到中學終於換到一個還算適應的國際學校。歎了口氣。

那就好，文惠說。

你呢？簡問，老大已經大學了吧？

大學畢業了。文惠說，可是也不出去工作，天天呆在家裏。也歎了口氣。

簡看了一眼文惠，蒼老了，許多皺紋，都是十年前沒有的。

孩子都大了。文惠說，所以我出來做事了。

保險？

文惠點頭。

簡想過問一句文惠，當年辭了銀行工，照顧家庭，有沒有過後悔？但也估到文惠一定是講，不後悔，只有感恩，能夠陪伴孩子成長。

所以簡也沒問，只是一句「感覺這些年你都沒顧得上照顧你自己」，文惠的眼淚還是突然地湧了出來。

簡有點後悔說這句話。

文惠埋頭在包裏找裏找去，找不著一張紙巾，手抖得厲害。

簡遞了一張紙巾過去，再也不說一個字。

過了好一會兒，才小心地說，我也是啊，這些年，我也沒了我自己。

文惠抬了眼看簡，眼睛擦得通紅。

我就是吳太。簡笑了一聲，說，我只在你這兒是簡，我在別的地方都是吳太。吳太要買餸，吳太要煮飯，吳太要照顧小孩，除了吳太的爸媽，吳太自己都記不起來自己是簡。

文惠說不出來話。

我們也曾經是我們爸媽的小公舉啊，簡又說。

文惠終於笑了出來，眼仍是通紅，又擦了擦眼睛。

炸兩上了桌，簡看了那碟炸兩一眼，心想，腸粉包牛肉，叫做牛肉腸，腸粉包叉燒，叫做叉燒腸，腸粉包油條，卻被叫做炸兩，如果只包半條，又叫做炸一。都是想弄明白也是弄不明白的。

這個時候文惠的電話響，文惠說我接個電話啊。

簡點頭。聽到文惠說，你打開郵箱看一下啊。

看了。對方說，沒有。

你拉到最下面，最下面肯定有電話的。

肯定沒有，對方說。

我來找，然後發給你，文惠說。

電話那邊沒有聲音。可能在等文惠找。

我現在外邊，信號有點問題。文惠又說，你能不能自己上一下網，查一查。

查了。對方說，就是沒有。

簡都要替文惠歎氣。

到底是沒找到。文惠放下了電話，說，我助理。

好像有點不靈活啊，簡說。

慢慢教吧，文惠說。凡事都慢慢來。

你還是這麼有耐心，簡說。

以前可沒這麼耐心。文惠說，尤其忙家教會的時候，心直口快，得罪了不少人。

我只記得你號召力特別強。簡說，說廣東話，不說廣東話的，你都能把大家凝聚了。

文惠笑笑，你還糾結廣東話啊。

還是不會講，都十多年了，我都覺得我這一輩子都學不會了。簡說，但現在沒以前那麼糟糕了，那時候還真有點步步驚心。

不至於，不至於，文惠說。

還有家長因為學校收了跨境雙非學生轉學的。簡說，還到網上去說，絕不跟說普通話的做同學。

我也記得那事。文惠說，現在也沒人提雙非了，都好多年前了。

我也去網上回貼了那時。簡說，我就說了一句所有孩童都有平等受教育的權利，更招了一堆人上來罵。

文惠笑著搖頭，說，這個問題太複雜，你當年沒弄明白，現在也不用弄明白了。

簡說對，弄也弄不明白。

突然就想起了芬妮的女兒，倒是一到香港就入到了國際學校，中學就去了英國寄宿。

你怎麼捨得的？簡問芬妮。

不捨得啊。芬妮說，但你算算，香港國際一年光學費三十萬，教學品質又實在不怎麼地，就是個國外普通公立的水準，不如直接去國外上了，一年也不過三十萬，全部生活費學費都在裏面了。

不捨得孩子就得捨得錢，沒錢捨了就得捨孩子，又說。

簡總覺得芬妮的邏輯不是很通，又說不出來哪裏不通，只能笑笑。

可是簡跟芬妮也是許久不見了，有一兩年了吧。前天突然收到芬妮的微信，沒頭沒腦一句，孩子在英國情況不太好。簡馬上秒回了，出什麼事了？

面臨選科，又回不來，只知道在電話那邊哭，芬妮說。

那你趕緊過去啊，簡說。

我也過不去啊現在。芬妮說，暑假到現在已經流浪了好幾個寄宿家庭了。

孩子一定會扛過去的，簡只好說。

可是我扛不下去了。芬妮說，我都抑鬱症了。

出來喝個茶好了。簡說，見見人，心情也好一點。

我不出門，我不見人。芬妮說，我都一年沒見過人了。

簡在心裏面咯登了一下。我們通個電話吧？

芬妮沒回。

簡又發過去一條，你看醫生了嗎？

沒，芬妮說。

那你不要覺得自己抑鬱症。簡說，我認得一個人，確診抑鬱症，天天吃藥，後來離婚了，倒好了，不用吃藥了。

簡自己笑了一笑。

芬妮不笑，她要是離婚了，靠什麼生活？

簡頓了一頓，說，雖然沒工作沒收入，但是自己開心啊。簡自己都覺得這一句弱，太弱了。

沒工作沒收入怎麼活？她住在哪裏？她有公屋住嗎？芬妮連著打過來三個問句。

孩子都大了，入了大學了，她撐過這幾年就行了。只好這麼說，比上一句還弱。

可能政府會有些補助吧，芬妮說。

會有的吧。簡說，可是就算物質安穩，精神不安穩，也算不得好好活著。

芬妮又沒回。

我還認得一個。簡說，離是沒離，自己搬去了一個小出租屋，天天喝小酒，那個開心……

我不覺得這有什麼開心的。芬妮說，我整天都很焦慮，也很恐慌，不知未來會怎樣。

而且我不想離婚，又說。

不是叫你離婚。簡有點急了，是叫你出門，喝點東西，開心一點。

我不想出門，芬妮說。

簡歎了口氣。

你女兒又轉了個學校？芬妮說，我看到你朋友圈曬了她的學業獎。

你還看朋友圈？

看啊。芬妮說，我現在唯一能做的就是看朋友圈了。

孩子們都比我們上進。簡說，我就躺平了，不奮鬥了。

我現在也是一躺一天。芬妮說，不知道該幹啥。

該出來見人，簡說。
芬妮再次不回。
可能是還沒到餓飯的境地吧。過了好一會兒，芬妮才說，要是真窮得一分錢都沒有了，要餓肚子了，我就出來工作了。
我都到餓飯的境地了。簡說，你出來見見我現在有多胖吧，不餓點飯都有點說不過去了。
芬妮打過來一個笑臉。又說，我不想出門。
簡突然覺得自己什麼都做不了，特別無能為力。
我現在非常瘦。芬妮說，你就算見了我也不會認得了。我每天只吃一點東西。
我現在過來找你。簡說，你馬上給我出門。
千萬不要。芬妮說，你就算過來我也不會見你的，而且我也搬家了。
什麼時候的事？
一兩年了。芬妮說，你若是突然胖了也不好，吃太多和不太吃，太胖和太瘦，都不正常。又說，你是不是不覺得我抑鬱？還挺有條理的？
簡猶豫，到底抑鬱還是不抑鬱？簡確實有點分辨不出來。
你先生的收入能夠保證全家的生活嗎？芬妮突然問。芬妮之前從未問過的。
還行吧。簡說，你也知道的，國際學校一年三十萬，你當年沒跟我講的是，一季校服五千，學校旅個行一萬。
芬妮也許笑了一聲，我家現在過得很省的，所以搬家了。

學費的壓力？

大學更有壓力，芬妮說。

再堅持一下，只好說。

還要供房。芬妮又說，我的一個朋友，這兩年情況不好，她家用房抵押貸款出來，支持一家生活。

突然想起那誰了。簡說，把小孩帶到香港，又帶回深圳了，都是一夜之間，都沒跟大家說再見。

雖然人回深圳了。芬妮說，但房一直在香港，租出去了，不用賣。

有錢人。

也不能這麼說。芬妮說，孩子在香港出生，回深圳就上不了本地學校，只能去上香港學制的私立學校，也挺貴的。

有錢就有許多選擇。簡說，沒錢連選擇權利都沒有。

錢不多更難選擇。芬妮說，沒錢倒有沒錢的活法，低收入就住公屋，孩子上政府派位的公立學校，照樣過得好。我們這種，說有錢吧，一查家庭收入還真是高收入，政府不會管的了。

實際生活品質不如住公屋上公立學校的，簡想說。

其實我也不覺得英國的學校能夠學到啥。芬妮說，花這個錢。

至少花孩子身上了吧，簡想說。

你還能找到工作嗎？芬妮說，孩子大了不用你照顧了以後。

不能。簡說，我們離開社會的時候我們的坑就被佔了，這個世界也好現實的。

兩個人都有點笑不出來。

我也找不到一個方向。芬妮說，前半輩子做全職太太，盡心盡力帶孩子，孩子大了離開了，後半輩子我不知道該怎麼過了。

就是個自我感覺吧，完全可以幹點自己想幹的嘛，終於自由了不是？簡說，我認得的一個女的，婚前父母養，婚後老公養，就沒上過一天班，那個傲驕啊，聲稱自己就是個作家，也不知道寫了些啥。

芬妮肯定笑了。

有的人，別人看她就是個媽，她當自己是個家。簡說，我就只在乎自己在當媽方面的價值，在當媽的業餘再看看有沒有其他興趣點。所以你現在快找找興趣點，你要去當作家我也支持你。

芬妮打過來三個笑臉。

也許有點信仰也好，很多人過得都不好，有了信仰就心安了，有了寄託，芬妮說。

也對，簡說。

你跟我講話是不是沒覺得我有多抑鬱？芬妮說。

不太抑鬱。簡說，但是生活狀態確實太差了。

我倒有點擔心你。芬妮說，再胖下去，你真要看醫生，自己控制一下。

輪到簡笑了一聲，那你是省錢還是真的不想吃。

真的不想吃。芬妮說，而且也要省錢。

人活著也不是只為了吃飯，總要有點希望。簡說，我也沒啥價值，對於這個社會來說，但我們對家庭對孩子有價值吧？而且我可指望著孩子回報我呢，我就當是一個希望。

我不指望。芬妮說，孩子能顧自己就不錯了，他們以後的路一定也很艱難。

不要去想孩子們以後的路。簡說，我們把我們現在要走的路走好就好了。

我找不到出路。芬妮說，看到好多四五十歲在茶樓酒樓打工的女的，還有那些七老八十還在開的士的，只有我，高不成，低不就，無路可走。

不同人走不同路。簡說，找不到就繼續找，總會找到，有一天。

找到了告訴你啊，芬妮說。發來一個加油的胳膊。

我找到了也告訴你，簡說。如果有個拉勾的表情，簡一定也會發過去。

文惠又接了一個電話，一邊接電話，一邊從包包裏拿出一台小 **iPad**，在上面劃來劃去。

簡想跟文惠講全家的保險都買過了，又開不了這個口，只好吞了一口炸兩，不說什麼了。

趁著文惠打電話，簡叫了買單。

文惠放下電話和 **iPad**，跟簡爭買單，直到簡連說了三遍十年前說好的，我請。文惠只好罷了手，說多謝。直到跟文惠揮手告別，文惠也沒有提一句保險。

回去的港鐵上簡給文惠發了一條短信：如果你去到一處懸崖，要過一座橋，你看到的橋是什麼樣子的？A：破爛的危橋？B：堅固的石橋？

文惠回過來一個B，然後問，這表示了什麼意思嗎？

簡又發去一條：你過了橋，看到了一個湖，你眼裏的這個湖，A：又大又深；B：大但水淺；C：小但水深；D：又小又淺？

文惠回過來一個A。

可以揭曉答案了嗎？

橋代表了你的事業和前途。簡說，危橋說明你很焦慮，對未來迷茫，當下無法準確定位以後發展的方向；堅固的石橋說明你有堅定的內心，你也會有光明的前途，心想事成。

聽你這麼說，我還有點高興。文惠說，但是前途什麼的也不是一道題就能測算出來的吧。

就當是個心理暗示吧。簡說，湖的大小深淺代表了你交朋友的情況，又大又深的湖當然說明人緣好、朋友多，而且和朋友們的感情相當不錯。

你選的什麼？文惠問。

我選的C，湖小但水深，也就是朋友雖然少，但都對我很好，感情很深的意思。

那也祝賀你吧。文惠回了一條，感情深的朋友，一個兩個也就夠了。

睡前簡刷朋友圈，看到文惠發了一條——「前些年放棄了工作成為全職太太，有人問過我有沒有後悔？我想了想，不後悔，因為陪伴了孩子們的成長，更珍貴。今天與一位舊友久別重逢，特別感念，原來說過的一些話，發生過的一些事，很小很小的事，都會有朋友一直地記得。多謝啊，出現在我生命裏的每一個人。」

配圖是那碟炸兩，看起來還挺好吃的。

本創文學 99

都會公園

作　　者：周潔茹
責任編輯：黎漢傑
封面設計：V. N.
內文排版：甘大玆
法律顧問：陳煦堂　律師

出　　版：初文出版社有限公司
電郵：manuscriptpublish@gmail.com

印　　刷：陽光印刷製本廠

發　　行：香港聯合書刊物流有限公司
香港新界荃灣德士古道 220-248 號
荃灣工業中心 16 樓
電話 (852) 2150-2100 傳真 (852) 2407-3062

海外總經銷：貿騰發賣股份有限公司
電話：886-2-82275988 傳真：886-2-82275989
網址：www.namode.com

版　　次：2024 年 4 月初版
國際書號：978-988-70341-7-9
定　　價：港幣 98 元　新臺幣 360 元

Published and printed in Hong Kong

香港印刷及出版